LE FILS DU SINGE

ÎLE DE SAÏNON

LAOSSA

LOLIEM

Temple du Singe

Port de Saïnon

BELDRAGORE

Volcan de Tyr

Ty

ARCHIPEL DE SAÏ

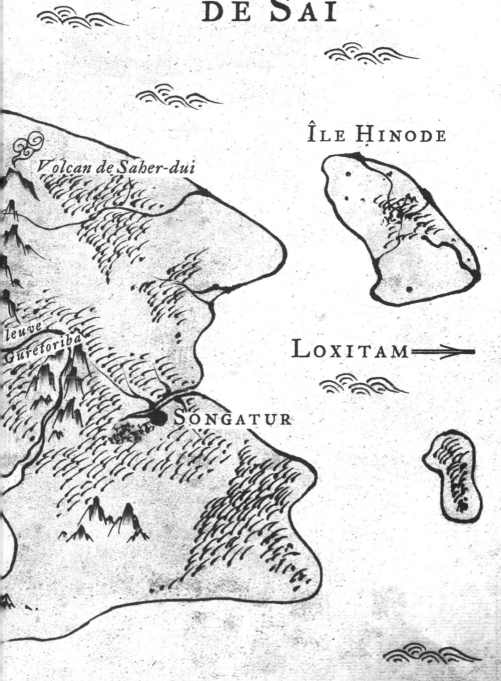

ÎLE HINODE

Volcan de Saher-dui

Fleuve Guretoriba

SONGATUR

LOXITAM

Les éditions de la courte échelle inc.
160, rue Saint-Viateur Est
Bureau 404
Montréal (Québec) H2T 1A8
www.courteechelle.com

Révision:
Céline Bouchard

Dépôt légal, 1er trimestre 2011
Bibliothèque nationale du Québec

La courte échelle reconnaît l'aide financière du gouvernement du Canada par
l'entremise du Fonds du livre du Canada pour ses activités d'édition. La courte
échelle est aussi inscrite au programme de subvention globale du Conseil des Arts
du Canada et reçoit l'appui du gouvernement du Québec par l'intermédiaire de la
SODEC.

La courte échelle bénéficie également du Programme de crédit d'impôt pour
l'édition de livres — Gestion SODEC — du gouvernement du Québec.

Catalogage avant publication de Bibliothèque et Archives nationales
du Québec et Bibliothèque et Archives Canada

Prémont, Charles
    Le fils du singe
    Pour les jeunes de 13 ans et plus.
    ISBN 978-2-89651-426-7
    I. Titre.
    PS8631.R432F54 2011   jC843'.6   C2010-942100-0
    PS9631.R432F54 2011

Imprimé au Canada

Charles Prémont

LE FILS DU SINGE

I

la courte échelle

À Josée, Hélène et Claude,
pour leur soutien inconditionnel.

CHAPITRE I

Au commencement, il n'y avait que l'Un,
inconscient dans son extraordinaire simplicité.
L'Un, inconnaissable, puisque englobant tout.
Et tout était parfait, harmonieux, unique.
Il n'y avait ni temps ni espace
— l'extérieur n'existait pas.
Mais de l'intérieur surgit un mouvement,
la première émergence qui eut lieu en l'Un.

Fut le désir.

Le désir qui, puissant, porte au-dehors.
L'Un eut donc l'envie irrépressible de se voir.
Aussi se scinda-t-il afin que chacune
de ses parties puisse connaître l'autre.
Ainsi naquit la complexité.
Et de l'Un qui devint deux,
miroirs de leurs propres reflets,
vint la conscience.

LIVRE DE JUHN. L'ESSENCE DE LA CRÉATION.

Maître Ko-Hany referma le livre. Tant de fois il avait
médité ces paroles. Il allongea le bras et lâcha l'ouvrage qui, après une chute de quelques centimètres,

se mit à flotter pour aller retrouver sa place habituelle. Le regard de maître Ko-Hany s'accrocha un instant à ce merveilleux phénomène. Car chaque chose avait sa place ici-bas, l'Un ayant construit l'Univers en parfaite connaissance de cette harmonie qui tient tout en son lieu. Il leva les yeux au ciel pour rendre grâce à cette infinie sagesse qui régissait les mécanismes infaillibles de la réalité.

Maître Ko-Hany serait demeuré un instant de plus à méditer, n'eût été la cloche de midi qui se mit à retentir au loin. Il se leva, sortit de la pièce et alla rejoindre le cortège des moines qui s'agglutinaient déjà dans le corridor menant au réfectoire du Temple du Singe. Maître Ko-Hany passa devant les novices et prit son bol de riz avant d'aller prendre place auprès de ses pairs, à la grande table qui présidait toutes les autres. Chacun se tint debout jusqu'à ce que le maître s'assoie, entouré des autres enseignants du temple. Il leva son bol à la hauteur de ses yeux et dit :

— Béni soit le Soleil qui chauffe la Terre, béni soit le Ciel qui l'abreuve, et enfin, béni soit l'homme qui récolte notre pitance. Pour toute chose, nous devons être reconnaissants à l'Un tout-puissant qui a choisi de nous donner l'existence.

Tous se recueillirent à ses paroles. Chacun mangea en silence.

Dans un coin au fond de la salle, Iv-han finissait déjà son bol de riz. « Ah, ce vieux radin, ce qu'il peut être dépassé!» pensa-t-il. Déjà, son regard fuyait vers l'extérieur, où l'on pouvait apercevoir en contrebas du temple les troupeaux de buffles qui semblaient n'être que de minuscules fourmis. «Ce que je peux avoir hâte de partir», se dit-il. L'apprentissage de l'Art du Singe était trop long : dix ans! Il en était à ses quinze ans, et ses parents l'avaient abandonné au temple à l'âge de six ans. Il croupissait depuis au sommet de cette montagne alors que le monde l'attendait en bas, dans la vallée. Iv-han se renfrogna, perdu dans ses pensées malheureuses. Il n'avait jamais su pourquoi il avait été abandonné là. Il n'avait revu ni son père ni sa mère au cours des neuf années qu'il avait passées sur les planches de la salle de combat.

Un coup de coude lui coupa le souffle et le sortit de sa rêverie. C'était Ïo-tan. Elle lui sourit :

— Alors, Iv-han, tu n'en as pas assez de toujours rêvasser d'être dans la vallée plutôt qu'ici ?

— C'est facile à dire pour toi, Io. Tu es une fille, et puis la meilleure élève : les maîtres t'adorent! Moi, ils m'ont toujours à l'œil.

— Tu sais bien que c'est faux! répliqua-t-elle, piquée par le ton insolent d'Iv-han. Les maîtres ne nous donnent en retour que ce que nous sommes prêts à leur offrir aussi. Tu n'es pas le plus grand exemple du respect envers les aînés.

— Comment! lança-t-il. Et eux, ils me sont sympathiques peut-être? Pourquoi est-ce que serait constamment à nous de... Aïe!

Un violent coup de baguette en bambou s'écrasa sur la tête d'Iv-han et mit une fin abrupte à leur conversation. L'auteur de cet acte brutal était maître Pizo-Hany. Il leur intima le silence par la seule autorité de son regard. Maître Pizo-Hany était un farouche guerrier, mais un enseignant encore plus cruel. Le regarder droit dans les yeux ne fût-ce qu'une demi-seconde pouvait vous faire écoper du châtiment de briquer les planchers du temple pendant des mois. Iv-han en avait de pénibles souvenirs, aussi choisit-il la sagesse et baissa-t-il la tête en signe de soumission.

– Silence à l'heure du repas !

Pizo-Hany le cria bien fort afin que chacun dans la salle l'entende et se le rappelle. Plusieurs élèves lancèrent un petit regard amusé à Iv-han avant de se replonger chacun dans son monde intérieur. Iv-han bouillait, mais il s'efforça de retrouver son calme et de s'absorber au cœur de ses sens pour se préparer à la prochaine séance d'entraînement. Il souhaita que ce satané Pizo-Hany le lâche et persécute quelqu'un d'autre. La cloche sonna trois fois et maître Ko-Hany se leva.

– Passez un bon après-midi à vous entraîner. Soyez intelligents et agiles comme le singe, mais n'oubliez pas d'être braves et prudents. Le soleil est haut, en cet après-midi, et vous devrez économiser vos énergies. Que l'Un vous protège.

À ces mots, tous se levèrent et se rendirent à l'extérieur. En courant, ils agrippèrent au passage, avec une précision réglée par des années de routine, leurs bâtons, l'arme favorite du singe. Ils se dirigèrent ensuite vers l'aire d'entraînement qui se trouvait dans la cour du temple. Il y régnait une chaleur suffocante. Ils se regroupèrent en leurs cercles respectifs : chacun avec la cohorte de son année.

Iv-han et ses compagnons de neuvième année se rassemblèrent en cercle dans le coin du terrain d'entraînement qui leur était assigné. Iv-han regarda ceux avec qui il avait presque toujours vécu. C'étaient les personnes qu'il connaissait le mieux et qui lui étaient les plus chères, mais sa meilleure amie à ses yeux demeurait Ïo-tan. Ils avaient été de très bons amis dès leur plus jeune âge. Iv-han admirait son petit nez qui pointait fièrement devant elle, sa posture guerrière, toujours prête à l'assaut. Ïo-tan était rapide et souple, elle se battait d'une manière incroyable. Et elle devenait de plus en plus belle. Il tenta de la chasser de son esprit : l'entraînement allait commencer. Il se demanda quelles étaient ses qualités de guerrier à lui. Ils avaient commencé à treize, à sa première année, et ils n'étaient plus que cinq. Plusieurs aspirants étaient renvoyés dans leur famille chaque année. Pour indiscipline, mais aussi pour cause de découragement, n'arrivant plus à suivre le rythme des entraînements toujours plus difficiles. « Suis-je encore ici parce que je n'ai plus de famille ? » se demanda-t-il.

Maître Pizo-Han s'avança sur la piste. Il toisa tous les groupes d'un regard froid et inquisiteur, des plus jeunes aux plus vieux. Il passa plus lentement lorsqu'il parvint à Iv-han, et ce dernier se dit que l'après-midi ne serait pas facile.

— Allez, bande de primates, montrez-moi ce que vous avez dans le ventre. Au pas de course, et plus vite que ça !

Tous les aspirants moines se mirent à la course en cercles concentriques. Les plus jeunes au centre du terrain, les aînés autour d'eux. Les maîtres les entouraient. Iv-han s'amusait, il adorait galoper. C'était le seul moment où son esprit pouvait vagabonder. Il s'imaginait avec Ïo-tan sur les routes du monde.

Après une heure à ce régime, les plus jeunes purent s'arrêter. À la deuxième heure, les cercles intermédiaires stoppèrent. Cela faisait deux heures et demie que les aînés se poursuivaient en rond sous ce soleil de plomb. Iv-han suait à grosses gouttes, mais il continuait dc filer. Ce fut Qi-han, un aspirant moine de la cohorte d'Iv-han, qui tomba le premier. De plus jeunes aspirants moines le portèrent à l'ombre et on lui donna de l'eau. Un étudiant de dixième année, Vihn-han, rigola :

— Les élèves de neuvième année ne sont plus ce qu'ils étaient.

Ses camarades rirent en regardant leurs cadets. Ïo-tan les toisa avec mépris, accéléra pour arriver à la hauteur de Vihn-han et, discrètement, lui fit un croc-en-jambe. Il s'étala de tout son long. Les élèves de neuvième année éclatèrent de rire et poursuivirent leur chemin. Vihn-han cracha de la poussière. Il feignait d'avoir du mal à se relever pour attendre que les coureurs aient fait un tour entier. Ils se rapprochaient. Vihn-han se leva d'un bond et se mit en travers du chemin d'Ïo-tan.

– Qu'est-ce qui te prend, petite garce ? lui lança-t-il en l'empêchant d'avancer.

– Ôte-toi de mon chemin !

– Tu es moins fière !

– Laisse-la tranquille ! dit Iv-han qui venait de s'arrêter près des deux protagonistes. Tu as insulté un membre de notre cercle, tu as bien mérité ce qui t'est arrivé.

– Oh, regardez-moi ça ! Iv-han qui défend sa petite amie...

– Arrête ! Tu es stupide et tu le sais. Allez viens Ïo-tan, on n'a rien à faire avec ce crétin.

Ils s'élancèrent pour reprendre leur course, mais Vihn-han, vexé, ne les laissa pas faire. Il se propulsa dans les airs et visa, de son pied tendu, la tête d'Iv-han. Celui-ci l'aperçut au dernier instant, et s'esquiva prestement sur sa droite.

– Tu cherches des ennuis Vihn-han, lui dit-il.

Vihn-han n'entendait plus rien. Déjà, il pirouettait pour lancer son poing au visage d'Iv-han. Celui-ci para le coup, mais le choc fut si violent que Vihn-han envoya Iv-han rouler dans la poussière. Vihn-han saisit l'occasion de neutraliser son adversaire, il sauta très haut dans les airs et culbuta pour arriver pieds joints sur Iv-han. Celui-ci roula en évitant de justesse le coup qui résonna dans le sol. Iv-han tourna sur le plat de ses épaules et tenta de faucher les jambes de Vihn-han. Celui-ci sauta par-dessus l'attaque en reculant, mais déjà Iv-han était sur lui, enchaînant coups de poing et coups de genou à une vitesse fulgurante. Vihn-han n'eut d'autre choix que de battre en retraite en exécutant une série de flips arrière. Loin d'être vaincu, il planta ses orteils dans la poussière, puis se propulsa en avant...

— Ça suffit!

Maître Pizo-Hany s'avança vers les combattants avec dans le regard un infini mépris pour les deux apprentis. Il les toisa de haut. Vihn-han et Iv-han baissèrent la tête: ils savaient qu'ils étaient dans leur tort, que leurs émotions avaient pris le dessus sur leur intellect, tout le contraire de la Voie du Singe. Maître Pizo-Hany ne dit rien, il fit un signe de tête aux autres novices agglutinés autour pour voir le combat. Ils se dispersèrent, allant chacun vers son cercle respectif, pour poursuivre l'entraînement. Iv-han aperçut Ïo-tan du coin de l'œil: elle s'en voulait, il le sentait. Il ne put accorder plus de temps à ses pensées, maître Pizo-Hany partant déjà vers le temple.

Lui et Vihn-han le suivirent en silence : ils n'échangèrent pas même un regard. Telle devait être l'attitude des singes : lorsqu'on avait commis une faute, l'on ne devait jamais accuser un autre de l'avoir faite à notre place, ni prétendre que quelqu'un nous y avait poussé. Il n'y a qu'un responsable de nos actions : nous-même.

Ils pénétrèrent dans l'enceinte sacrée du temple en entendant les cris de guerre que scandaient leurs pairs en s'entraînant. Ils s'avançaient vers l'escalier central de l'édifice, celui qui menait à la grande bibliothèque. Ils montèrent les marches deux à deux, puis tournèrent à gauche dans un long couloir. Ils quittèrent ce corridor pour s'engager dans un autre escalier qui montait en colimaçon. Trois étages plus haut, ils arrivèrent devant une grande porte ornée de bronze. Les coulées de métal dessinaient un grand singe doté d'un large anneau à la hauteur du nombril. Maître Pizo-Hany le saisit et frappa trois fois. Le son retentit longtemps après le dernier coup. Un moine vint répondre, Pizo-Hany s'inclina et on les laissa entrer.

Ils investirent un grand salon où figuraient cinq sièges derrière lesquels s'alignaient, d'est en ouest, les statues des vénérables singes. L'Orient indiquait le lever du Soleil, la force active, la vie qui souffle ; l'Occident symbolisait la mort, la vie passive et méditative, la nuit qui vient.

Sur chacun des sièges devant les statues des primates étaient assis les maîtres du temple. Celui des

Gorilles, à l'est, protecteur de l'assemblée et symbole de la force, était celui de maître Pizo-Hany. Venait ensuite maître Joundun-Hany siégeant comme Orang-outang et porteur de la sagesse. Puis on trouvait maîtresse Naïa-Tany au siège du Chimpanzé, champion de l'intelligence. À l'extrémité ouest, maître Kiju-Hany au siège du Babouin dénotant la vivacité d'esprit. Finalement, au centre, sur le siège du Macaque, on trouvait maître Ko-Hany, le plus vieux d'entre tous, celui qui conservait l'excellence et la discipline au temple. Maître Pizo-Hany prit le premier la parole.

– Iv-han et Vihn-han ont péché en apportant la violence au temple. Ils se sont servis de leur art d'une manière brutale et sans scrupules pour défendre leur ego et non leur honneur. Ils sont de très mauvais exemples pour nos plus jeunes qui admirent les prouesses de leurs aînés. Je demande une sanction.

– Je crois que maître Pizo-Hany a raison, dit ensuite maîtresse Naïa-Tany. S'ils ne peuvent apprendre à se respecter au temple, ils seront un danger plus tard sur les routes du pays. Ils deviendront des bandits et nuiront à la renommée du temple. Je propose l'exil.

Les autres maîtres se consultèrent du regard, pensifs. L'exil était une mesure très sévère. Iv-han sentit les larmes lui monter aux yeux, c'était trop injuste. Être condamné au bannissement par la faute d'un idiot de dixième année! Vihn-han ne disait rien.

– Est-ce que tout cela n'est pas un peu exagéré ? proposa maître Joundun-Hany. Il ne faudrait pas perdre de vue que les erreurs font partie de l'apprentissage. Je serais en faveur d'une peine moins dure, mais plus longue. Ces jeunes gens doivent apprendre à calmer leurs ardeurs.

– Mais un exemple doit être donné, tonna Pizo-Hany. Ce n'est pas la première fois que nous prenons ces deux-là en défaut. Que Vihn-han fasse une erreur, passe encore, mais Iv-han ne fait que nous donner des soucis depuis qu'il a été admis ici.

À ce moment, les enseignants considérèrent leurs étudiants. Vihn-han semblait soulagé, mais Iv-han serrait les poings. Ses yeux étaient embrouillés de larmes, mais il se contenait pour ne pas se montrer faible. Les maîtres se tournèrent vers le siège du centre, celui de maître Ko-Hany. C'était lui qui, après avoir entendu l'opinion de ses pairs, devait trancher.

Maître Ko-Hany prit une grande inspiration. Il regarda devant lui un instant, puis son regard se porta vers Vihn-han et Iv-han. Il les scruta en caressant son *fu manchu* blanc. Puis il se leva. Iv-han et Vihn-han tombèrent à genoux, tête baissée, en attendant leur punition. Maître Ko-Hany déclara :

– Vous êtes impétueux, et c'est pourquoi vos ardeurs vous emportent autant. Ici, au temple, pendant plusieurs années, nous avons tenté de vous enseigner la Voie du Singe. Le singe est courageux, mais il n'est pas hardi. Il raisonne avec sa tête, et non avec son tempérament, et c'est ce qui le distingue le plus des autres habitants de la jungle. Vous n'avez pas encore su tirer profit de ces leçons. Une décision doit être prise et je me dois de rendre justice à l'honorable Pizo-Hany, votre maître d'armes, qui a souffert de vos indisciplines.

Il soupira, puis ajouta:

– Vihn-han, tu es en dernière année, au temple, tu devras donc, en plus de toutes tes tâches quotidiennes, t'assurer de laver les parquets de la salle de combat et de la salle des bains. La propreté devra être impeccable; c'est maître Pizo-Hany qui s'assurera que ton travail est bien fait.

Vihn-han poussa un soupir de soulagement, maître Pizo-Hany sembla satisfait. Maître Ko-Hany se tourna alors vers Iv-han.

– Quant à toi, Iv-han, tu n'as jamais apprécié le temple à la mesure de ce que celui-ci t'a apporté. Tu es arrivé trop jeune, et c'est peut-être ma faute si tu as l'esprit aussi vide: je n'aurais pas dû te protéger autant de la colère de tes maîtres. Oui, sans doute l'ignores-tu, mais combien de fois m'ont-ils fait la recommandation de te laisser partir vers la vallée que tu admires tant. Eh bien soit! Demain, tu partiras pour cent quatre-vingt-un jours dans la vallée. Tu iras y récolter le riz avec les moines qui nous sont associés et, après ce délai, tu pourras choisir entre revenir ici et suivre les consignes à la lettre ou demeurer hors du temple pour le reste de tes jours. Nous verrons alors si l'enseignement que nous prodiguons ici t'est suffisamment précieux.

Iv-han et Vihn-han, encore sous le choc de leurs émotions, se relevèrent et partirent. Un garde les attendait à la porte pour les raccompagner. D'un air désolé, Vihn-han posa sa main sur l'épaule d'Iv-han et lui dit :

– Bonne chance, Iv-han.

Le conseil des maîtres suivit son cours. Chacun parla des problèmes que le temple éprouvait. Ils passèrent ensuite en revue la performance des élèves et les stratégies pédagogiques à appliquer. Tout au long de ces entretiens, maître Ko-Hany ne dit rien. Il était préoccupé, car il se désolait déjà de la décision qu'il venait de prendre. Renvoyer Iv-han, un des élèves les plus prometteurs de sa génération ! Il ne pouvait se résoudre à voir partir quelqu'un d'aussi talentueux de son temple, mais l'indiscipline d'Iv-han avait rendu les choses impossibles à gérer. La réunion s'étira sur près de trois heures à la fin desquelles chacun se leva et partit vaquer à ses occupations habituelles. Maître Ko-Hany demeura assis encore un instant. Pizo-Hany réapparut soudain dans l'embrasure de la porte.

— Maître ? s'enquit-il pour savoir si Ko-Hany était d'humeur à lui adresser la parole.

— Pizo-Hany, répondit-il, vous devez être satisfait de la décision que j'ai rendue.

— Je voulais vous remercier, maître. Iv-han devenait une présence de plus en plus pénible, et...

— Vous souvenez-vous du cinquième commandement de l'Art du Singe, maître Pizo-Hany ?

Pizo-Hany fut surpris par la question de maître Ko-Hany. Il y avait longtemps qu'il n'avait pas fouillé sa mémoire à propos des vingt-six commandements. Il réfléchit et récita :

— « Le singe est habile de ses mains, mais jamais il ne laisse tomber un outil qui pourrait lui servir, que ce soit la branche qui lui permet de capturer des termites ou encore la noix de coco avec laquelle il peut attaquer son ennemi. S'il laissait passer une de ces occasions, c'est sa survie qu'il mettrait en danger. »

Pizo-Hany prit un moment, puis ajouta :

— Vous croyez qu'Iv-han était un outil dont il ne fallait pas nous départir, maître ?

Maître Ko-Hany inspira profondément :

— Seul le temps nous le dira, Pizo-Hany, mais je trouve que votre intolérance à l'indiscipline vous a mené à des conclusions hâtives envers Iv-han. Le singe n'est pas une fourmi ; il ne marche pas en ligne droite, mais saute de branche en branche. Il fait parfois des erreurs. Cela étant dit, mon jugement pourrait être biaisé : vous n'êtes pas sans savoir que je connaissais Surat-Kany, le père du garçon.

Maître Ko-Hany se leva. En marchant dans les corridors du temple, Pizo-Hany s'enquit :

— Pourquoi n'avoir jamais révélé à Iv-han que vous connaissiez sa famille ? Ses indisciplines et son besoin d'attention me prouvent qu'il souffre d'avoir été abandonné.

— Les gens font de grandes erreurs lorsqu'ils se sentent en sécurité. Si Iv-han avait appris que j'avais une dette envers son père et sa mère, il aurait pu penser qu'il pouvait relâcher son entraînement et être encore plus indiscipliné. Peut-être était-ce une maladresse, après tout, de le lui cacher, mais je ne pouvais pas le savoir. Mes actions reflètent ce que je crois le plus juste au moment où je les pose. Dites-moi, Pizo-Hany... Ce combat entre Vihn-han et Iv-han, comment était-ce ?

— C'était un beau combat : agressif, efficace et rapide. Je ne crois pas qu'il aurait pu se révéler mortel. Les deux garçons maîtrisent bien leur style... Quelques erreurs de pas, mais rien de très grave.

— Et selon vous, qui allait gagner ?

Pizo-Hany regarda son maître droit dans les yeux. Ko-Hany devina qu'il aurait préféré ne pas répondre à cette question.

— Si le combat avait continué comme il avait commencé, il me semble que les mouvements d'Iv-han étaient plus précis, dit Pizo-Hany. Selon moi, c'est lui qui l'aurait remporté.

Maître Ko-Hany eut un sourire discret.

– Il a beaucoup de talent; il pourrait déjà obtenir le grade de maître. Je n'ai jamais vu quelqu'un apprendre l'art aussi vite...

Ils arrivèrent devant la chambre de maître Ko-Hany. Pizo-Hany s'inclina et remercia son maître pour l'audience qu'il lui avait accordée. Ko-Hany lui sourit et lui tapota l'épaule : un geste signifiant que Pizo-Hany avait encore beaucoup de choses à apprendre. Il ouvrit la porte et pénétra, songeur, dans la pièce contiguë.

Elle était plongée dans l'obscurité. De grands rideaux sombres étaient tirés devant les fenêtres, ne laissant filtrer que de faibles rayons du soleil. Au fond se trouvait le hamac de Ko-Hany : la couche habituelle des disciples du Singe. Une table basse pour le thé et un petit autel de la même hauteur faisaient office de mobilier. Les armes employées dans chacun des arts martiaux de l'archipel ornaient les murs : bâtons courts, longs et à plusieurs segments de l'Art du Singe, quelques épées recourbées du Tigre, une lance du Scorpion et diverses armes de jet coutumières à tous.

Ko-Hany regardait le tout d'un air désintéressé : il avait des remords. Une tension lui assaillait les épaules, il sentait que son corps contestait la décision du temple : expulser Iv-han et prendre le risque qu'il ne revienne pas ! Il saisit une cordelette qui pendait près de son lit et tira trois fois. On cogna à sa porte. C'était Loï-tan, une jeune étudiante de troisième année.

– Du thé, s'il vous plaît, Loï-tan.

La porte se referma. Maître Ko-Hany s'installa devant sa table à thé en laissant échapper un long soupir. « Je dois retrouver mon calme, se dit-il. Si je suis trop angoissé, le rituel risque de ne pas fonctionner. »

Il adopta la position du lotus, assis sur le sol, jambes croisées, paumes levées vers le ciel, ferma les yeux et plongea dans son monde intérieur. Il sentit une sérénité l'envahir, une paix immense qu'il avait su cultiver depuis son plus jeune âge.

Son état méditatif était tel qu'il n'entendit pas Loï-tan entrer avec l'eau chaude.

Elle s'agenouilla près de Ko-Hany et commença le rituel du thé. À l'aide d'une petite cuillère de bois, elle prit la poudre de thé vert. Elle frappa son instrument sur le bord du verre pour y jeter la mixture. Elle recommença le geste avec la même précision, avec le même calme. Puis elle versa l'eau chaude, près du gobelet d'abord, pour s'en éloigner ensuite, tirant de la bouilloire un long jet clair et fumant. Satisfaite de son travail, elle se leva en silence et agita trois fois une clochette d'argent. Elle se dirigea vers la porte. En l'ouvrant, elle entendit Ko-Hany souffler :

– Merci Loï-tan, c'était très bien fait.

Elle s'inclina et sortit de la pièce.

Ko-Hany fut de nouveau seul.

Il émergea de sa méditation et prit un autre gobe-let à thé qu'il plaça devant lui. Il répéta le rituel pour se servir une seconde tasse de thé, avec cette précision de plus dans le geste que l'habitude lui avait donnée. De la vapeur s'élevait, parfaite. Il prit ensuite des en-cens rares, du benjoin, du *nag champa* et un autre à base de cardamome, les alluma et les déposa sur des sup-ports, près des deux gobelets de thé. Il inspira pro-fondément, s'installa sur ses genoux et posa son front par terre. Il entonna une incantation :

— Je t'appelle, Surat-Kany, ami de mon cœur tré-passé il y a trop longtemps. De graves tourments as-saillent mon âme et toi seul peux les entendre. Viens partager avec moi une tasse de thé. Je t'en prie, sors du royaume des morts pour un instant.

La vapeur de la boisson se mêlait aux fumées des encens. D'abord doucement, puis de façon de plus en plus agitée, une silhouette prit forme sous ses yeux jusqu'à revêtir l'apparence d'un homme beaucoup plus jeune que lui. L'image était diffuse, mais on de-vinait un visage anguleux et volontaire, et une car-rure d'athlète. C'était bien son vieil ami, mort depuis presque dix ans : Surat-Kany, un grand maître de l'Art du Singe. Maître Ko-Hany prit la parole :

— Je m'excuse de te déranger dans ton travail, Surat-Kany. Il y a des problèmes urgents dont je dois t'entretenir.

– Tes appels sont toujours pour moi une grande source de joie. En quoi ma présence t'est-elle requise ?

Sur ces mots, la figure de fumée s'inclina.

– J'ai un mauvais pressentiment et j'ai peur pour ton fils Iv-han.

– Je sais qu'Iv-han te cause beaucoup de soucis, Ko-Hany, et je te suis reconnaissant pour tous les efforts que tu as faits. J'ai trouvé ta décision juste et courageuse.

– Mon ami, je n'ai pas expulsé ton fils que pour son indiscipline, bien que ce soit ce qu'il croit. Tu es au fait que j'observe le ciel et que j'y lis les signes que les dieux y mettent pour nous prévenir, ici-bas.

– Je connais ce talent qui est le tien. Qu'y a-t-il donc en la coupole céleste qui pourrait m'inquiéter ?

– Les astres suivent le mouvement que l'Un leur a imprimé. Telle une horloge bien réglée dont les rouages adoptent une rythmique impossible à changer. Cependant, il arrive que des éléments imprévisibles se glissent à l'intérieur des engrenages, comme des grains de sable soufflés dans une montre.

– Il y a donc un grain de sable pris dans l'engrenage... Pourquoi hésites-tu à me dire ce qui t'afflige, mon ami ?

– Il n'y a rien d'heureux dans ce que je dois te dire. Tu te souviens qu'au moment de la naissance d'Iv-han, tu m'avais demandé de dessiner sa carte du ciel. J'avais à l'époque prédit qu'il serait bien en sécurité tant qu'il serait au temple. C'était sans compter la survenue de la comète rouge porteuse de sang et de violence. Elle est apparue dans le ciel il y a quelques jours. Elle traverse la constellation des Dragons célestes gardiens du destin. L'anniversaire d'Iv-han est ce mois-ci, et je crains pour sa sécurité.

La fumée de l'encens s'agita, comme brusquée par une brise. Elle se calma, et l'image du défunt qui y transparaissait revint.

– Quel danger court mon fils? Parle, je t'en prie!

– J'ai bien peur que la mort rôde autour d'Iv-han. Il n'est pas en sécurité au temple. En fait, je crains que s'il s'y trouve au cours des six prochains mois, jusqu'à ce que la comète disparaisse de notre hémisphère, il connaisse une fin tragique. Voilà pourquoi j'ai dû l'expulsé pour cette période.

❧

Le lendemain matin, Iv-han avait fini de faire son maigre bagage. Des moines du temple lui avaient préparé des vermicelles, du porc séché ainsi que des gâteaux de riz pour le voyage. Il n'avait qu'un baluchon dans lequel il transportait tous ses biens: un *gî*[1] propre, un pain de savon, des pierres pour allumer les feux, une lettre à remettre aux moines qui se trou-

---

1. Habit que revêtent les adeptes des arts martiaux, le plus souvent composé d'un pantalon ample et d'une veste maintenue par une ceinture.

vaient dans la vallée, divers encens ainsi qu'un mé-
daillon en bronze, dernier souvenir de ses parents.

Il sortit de sa chambre pour aller déjeuner, mais
un moine l'empêcha d'entrer dans le réfectoire. Par-
dessus l'épaule de celui-ci, Iv-han vit Ïo-tan. L'aper-
cevant, elle essuya une larme en guise d'au revoir. On
le fit alors passer par des corridors où il était bien à
l'abri du regard des élèves. Il aboutit sur la place destinée aux entraînements. Il n'y avait encore personne
et les premiers rayons du soleil passaient au-dessus
des murailles du temple. Sur un mur d'enceinte, près
de la porte principale, une silhouette à contre-jour se
dessina. Le moine qui l'accompagnait lui fit signe de
s'en approcher.

Iv-han rassembla son courage : même à cette distance, il avait bien reconnu la stature de son grand
maître Ko-Hany. Il s'avança vers lui, monta l'escalier
de pierre qui menait au sommet du mur et resta res-
pectueusement derrière son maître. Ko-Hany demeura pensif un instant, puis prit la parole :

— Iv-han, tu n'es pas sans savoir à quel point tu es
un élève important à mes yeux...

— Je sais, maître. Je vous dois des excuses pour
mon comportement. Votre enseignement ne méritait
pas un tel manque de respect.

— N'ajoute pas à ta peine, Iv-han. Tu dois partir du
temple. Six mois, et pas un jour de moins. Il ne faudra
pas revenir avant, promets-le-moi Iv-han !

– Je ne le ferai pas, maître.

– Pour aucune raison tu ne dois venir ici. Aucune !
Pas avant la fin de ces six mois. Reviens plus tard, je
te dévoilerai alors un secret à ton sujet que j'ai trop
longtemps gardé.

– Très bien, maître.

Ko-Hany le prit par les épaules et, fait rarissime,
appuya la tête d'Iv-han contre sa poitrine. Paralysé par cette marque d'affection, il parut demeurer
de glace. Ko-Hany relâcha son étreinte et fit signe à
Iv-han de partir. Il prit son baluchon et quitta son
maître. Dès qu'il eut franchit les murs du temple, il
se retourna vers ce lieu qu'il avait toujours considéré
comme sa maison.

Il marcha un moment sur la route escarpée, puis
il sentit ses épaules libérées d'une grande pression.
Enfin, il allait voir la vallée ! Il n'aurait plus à courber
l'échine devant ses maîtres, à endurer leurs injures et
leurs entraînements cruels. Lui qui n'avait jamais rien
connu d'autre, il sentait enfin le doux souffle de la liberté sur sa nuque. Cela l'enivrait.

Il poursuivit son chemin quelque temps ainsi. « Finalement, je suis content de partir du temple, se dit-il.
Toutes ces années perdues à frapper dans des sacs de
sable. Enfin, je vais pouvoir avoir une vraie vie. »

C'est dans cet état de bonheur qu'il se mit à réfléchir à la vie qui l'attendait là-bas. Il allait pouvoir rencontrer des filles ! Depuis le temps qu'il rêvait de voir

plus que les garçons manqués qu'étaient ses sœurs du temple, à quelques exceptions près.

Ses sœurs, ses frères. Quel drôle de vocabulaire pour décrire ses compagnons d'armes ! Iv-han réfléchit aux raisons pour lesquelles les maîtres du temple avaient dû choisir d'utiliser ces termes. Avec les membres de son cercle, il avait traversé toutes les épreuves. Les courses dans la neige en simples sandales, les heures où ils étaient restés accrochés à des branches pour raffermir leurs bras, les coups qu'ils recevaient sans cesse dans les combats.

Tout cela, il l'avait enduré en partie grâce à eux. À leurs sourires, à leurs clins d'œil dans les moments difficiles. Iv-han songea à quel point ils comptaient à ses yeux. Ils étaient la seule famille qu'il eût connue.

Ce n'est qu'alors que des larmes surgirent. Il pleura, pris de la profonde et puissante impression d'être désormais un orphelin, d'être seul au monde. Il cogna d'impuissance sur le sol, puis sur les rochers aux alentours, si fort que ses jointures se mirent à saigner.

— « Calme-toi, Iv-han, ça ne sert à rien de t'énerver, se dit-il. Le mal est fait. »

Il ravala ses sanglots, prit quelques minutes pour se ressaisir, lança un dernier regard vers le temple qui se profilait au loin, puis descendit la pente de moins en moins abrupte qui allait le mener dans la vallée.

CHAPITRE II

Les esprits simples ne voient dans la guerre qu'un affrontement de forces
brutes où ne règne que la violence. Le but d'une bataille, disent-ils,
est de renvoyer son ennemi au royaume des morts. Mais ce serait oublier
que chacun, sur cette Terre, a une famille et des amis qui voudraient le
venger. À moins de réussir à les tuer tous, ainsi que leurs propres familles
et amis, ce qui représenterait une entreprise plus sotte et bien pire que
toutes les atrocités qu'il peut être donné de vivre, jamais un homme ne
cessera d'avoir des ennemis. Par contre, il peut lui être facile de perdre
tous ses alliés s'il omet de les récompenser pour leur aide et leur amitié, de
leur montrer que les espoirs et les efforts investis en lui ne sont pas vains.
Voilà pourquoi la guerre est un Art subtil et raffiné où seuls les meilleurs
esprits excellent. Parce que le but de toute bataille n'est pas l'oblitération,
mais bien la conservation du fruit de notre conquête.

MANUEL DE L'ART SUBTIL. LA GUERRE ET SES PRINCIPES.

Le seigneur Homaer étudiait la carte étalée devant lui : l'île de Saï hachurée de lignes rouges, pointillée de figurines représentant les troupes déployées sur cette terre prisée. Les côtes de Saï étaient réparties entre cinq seigneurs – Homaer, Lakan, Dantso, Irumi et Jifi – qui cherchaient chacun de leur côté à étendre leur influence sur tout l'archipel. L'enjeu était de taille : ce groupe d'îles était le passage obligé de tous les navires voulant traverser l'océan de Pangui. Il était impossible de sillonner cette immense étendue d'eau d'un seul trait. L'archipel servait donc de port de ravitaillement et de plaque tournante pour les échanges commerciaux des grandes nations qui habitaient de part et d'autre de la mer. Son importance stratégique était immense et l'île de Saï était au centre des intérêts qui se disputaient son économie.

Son majordome entra dans la salle.

— Mon seigneur, vos conseillers sont arrivés. Dois-je les faire patienter ?

— Non, qu'ils entrent.

Deux personnes entrèrent dans la salle : Tanozun, le général des armées, et Lothar, le trésorier. Chacun son tour, ils se prosternèrent devant Homaer et prirent place autour de la carte.

Puis vint l'épouse d'Homaer, Joyün, maîtresse de l'Art subtil. Il s'agissait d'une femme magnifique aux longs cheveux noirs, au visage impassible et au regard perçant. Lothar et Tanozun baissèrent les yeux. Ceux qui maîtrisaient l'Art subtil étaient de redoutables adversaires politiques, capables de lire le mensonge et la traîtrise sur n'importe quel visage, sachant charmer quiconque avec pour seule arme l'intonation de leur voix. Ils étaient des menteurs avérés, et il était impossible de connaître la nature véritable de leurs pensées. Ne pas les craindre, c'était courir à sa perte.

Le jeu devenait risqué pour Homaer. Il venait d'épouser dame Joyün, la fille du seigneur Lakan qui possédait les terres qui bordaient la côte sud de Saï. C'était la plus grande seigneurie de l'île. Elle n'était peuplée que de paysans et de pêcheurs, et ne possédait aucune mine ni industrie. Malgré tout, ce mariage allait faire d'Homaer le plus grand propriétaire terrien de l'archipel à la mort du vieux seigneur Lakan.

Comme il contrôlait déjà la plus grande ville de l'île, Songatur, qui était un centre du commerce international, sa nouvelle situation avait attisé les jalousies. Les autres seigneurs avaient tous tenté d'épouser la belle Joyün, et maintenant qu'Homaer avait remporté la partie, ils le percevaient comme une menace. L'échiquier politique n'était donc pas à son avantage.

Homaer prit la parole :

— Je vous ai fait venir, car j'ai une décision difficile à prendre. Les seigneurs Irumi, Dantso et Jifi m'inquiètent. Depuis mon mariage, mes espions m'informent qu'il y a de plus en plus de va-et-vient entre leurs seigneuries. Séparément, nous pouvons les neutraliser, mais ensemble, ils pourraient nous éliminer. Je crains qu'ils forment un triumvirat pour régner sur l'île.

— Le risque est grand en effet, ajouta Joyün. En nous supprimant, les seigneurs de l'île passeraient de cinq à quatre, peut-être bientôt trois, et pourraient prendre ensemble le pouvoir à Songatur.

– Le danger militaire existe pour nous, mais sans la maison Dantso, ils n'ont aucune chance, fit observer Tanozun. Seuls les frelons armés des Dantso sont entraînés et équipés de façon à pouvoir tenir tête à nos légions de fers. Sans eux, les autres ne peuvent rien. Si vous me le permettez, mon seigneur, une attaque sur le port de Loliem est envisageable.

– Expliquez-vous, demanda Homaer.

– Les rapports de nos espions nous informent que la seigneurie Dantso a placé de nombreux détachements à l'extérieur de Loliem afin de surveiller les mouvements de nos troupes, poursuivit Tanozun. Les défenses de la ville sont dégarnies, bien que les éclaireurs des Dantso nous privent de l'avantage d'une attaque surprise ; nous ne pouvons nous approcher de leurs terres sans être vus. Si nous trouvons un moyen de mener une attaque sur Loliem par la mer pour y faire rentrer les troupes des Dantso, nous pourrions nous approcher furtivement de la ville par voie de terre pour l'assiéger. Les vivres des troupes prisonnières à l'intérieur des murs s'épuiseront rapidement, et il n'y a pas une armée au monde qui combatte bien quand les soldats ont le ventre vide.

– N'y a-t-il pas un risque, demanda Lothar, que les détachements ennemis puissent être redéployés dans Loliem avant le blocus portuaire et que nous nous butions à une forteresse bien gardée lorsque nous arriverons ? Si nous sommes en mesure d'envoyer des espions infiltrer la cité, il faut croire qu'ils sont capables de le faire chez nous. Nos finances nous permettent de mener une guerre éclair ; nous ne pouvons pas nous offrir un siège de plusieurs années.

Homaer réfléchit un moment. Il étudia la carte d'un air sombre. Joyün interrompit sa réflexion.

– Il serait à notre portée de parlementer avec les pirates de Saïnon, dit-elle. Je suis convaincue que si vous me nommez émissaire, je les convaincrai d'accepter de faire diversion juste assez longtemps pour nous permettre de surprendre les Dantso dans leur ville.

– Combien de temps pensez-vous être en mesure de nous faire gagner ? s'enquit Tanozun.

– D'après moi, une attaque de leur part pourrait nous faire gagner une semaine, répondit Joyün.

– Ce serait parfait ! s'exclama le général. Avec ce temps, nous pourrons...

– Il nous faut dix jours, objecta Homaer.

– Mais mon seigneur, intervint Lothar, ces trois jours de plus vont nous coûter une véritable fortune et...

– Nous devons avoir dix jours. Il y a sur notre route un obstacle que vous avez omis de considérer : le temple forteresse au sommet de la montagne.

– Ce ne sont que des moines qui pratiquent l'Art du Singe d'une façon pacifique, protesta Tanozun. Je ne crois pas qu'on puisse vraiment les considérer comme un danger.

– Cet art a été inventé pour fomenter des révolutions, Tanozun. J'ai entendu dire que l'Art du Singe est l'un des plus dangereux. Je ne veux laisser l'occasion à aucun adversaire de m'attaquer dans le dos.

– Voilà une déduction issue d'un esprit de haute excellence, mon seigneur, acquiesça Joyün. Une guérilla révolutionnaire est à éviter si l'on veut asseoir notre autorité. Je trouverai un moyen d'obtenir les trois jours de plus dont vous avez besoin sans que vous ayez à débloquer des fonds supplémentaires.

– J'ai une entière confiance en vos talents, Joyün. Très bien, déployez les hommes et les ushanzs. Nous allons prendre ce temple ; ensuite les terres des Dantso nous seront ouvertes.

ᕟᖎᕐ

Iv-han voyageait déjà depuis quelques jours. Il avait parcouru les flancs escarpés des pics enneigés de la chaîne des Palashus. Après être passé des neiges éternelles aux falaises rocailleuses, il parvint aux pentes douces de la forêt qui couvrait la base du mont Vinshu. Ce boisé était peuplé d'arbres immenses, si grands qu'il fallait les bras de quatre hommes pour en encercler le tronc.

On disait que ces arbres étaient protégés par de nombreux esprits, et même qu'un jeune dieu avait trouvé refuge dans le cœur du plus gros d'entre eux.

C'est pourquoi Iv-han avait pris soin d'allumer un encens chaque jour de son voyage afin d'en offrir la fumée odorante aux esprits qui l'entouraient. Les fantômes n'avaient plus de sensations humaines, mais pouvaient toujours sentir l'odeur de ces herbes sacrées. On considérait qu'en faire brûler lors d'un périple les contentait et protégeait le voyageur de leurs sautes d'humeur.

Il arriva à une petite clairière où quelques rayons de soleil qui avaient réussi à percer l'épais feuillage brillaient dans une source qui y jaillissait. Épuisé, il se posa près du filet d'eau et entreprit de manger un peu.

Iv-han avait beaucoup réfléchi au cours de sa longue marche. La douleur du départ avait fait place à la sérénité que lui inspirait la forêt. Un singe doit accueillir chaque situation comme elle vient et en tirer le maximum, et il s'était résolu à le faire. « C'est quand même plus beau d'être ici que là-bas, songea-t-il. Peut-être que mon destin est celui de paysan. C'est simple, la vie de paysan. »

Iv-han termina son repas songeur. Au loin, il pouvait enfin voir les volutes de fumée monter des chaumières du village de Laossa. Il avait presque atteint sa destination. Cette perspective lui arracha un timide sourire, peut-être allait-ce être amusant, après tout.

Le soir tombait lorsque Iv-han frappa à la porte du temple des moines de Laossa. On devait à cette communauté la culture d'une plante de leur invention :

le riz vert. Une espèce qui offre les vertus du riz à grains longs tout en étant beaucoup plus facile à cultiver. Ce riz était le résultat de dizaines d'années de croisements entre les diverses espèces sauvages de la région. Iv-han avait d'ailleurs traversé des kilomètres de rizières avant d'arriver enfin à la porte du monastère.

Il cogna de nouveau.

« C'est quand même curieux que personne ne me réponde », pensa-t-il.

Il frappa une troisième fois pour en arriver à l'évidence que personne ne viendrait. Il contourna le pavillon principal pour se rendre dans la cour intérieure.

– Il y a quelqu'un ? héla-t-il.

Pas de réponse.

– Mince, il n'y a personne ici... Hé-ho ! Il y a quelqu'un ?

Le vent soufflait, soulevant la poussière. Iv-han remarqua une porte un peu dérobée à la vue, sur un côté du monastère. Il s'en approcha et la poussa. Elle n'était pas fermée à clé. Il pénétra à l'intérieur.

Une forte odeur d'encens l'accueillit. Au loin, il entendait une rumeur de chants gutturaux accompagnés de cors. Une ambiance feutrée habitait les lieux, aussi Iv-han enleva-t-il ses chaussures. Il s'approcha des chants. Un grand coup de gong retentit et il entendit plusieurs personnes se lever. D'une porte au bout d'un corridor, plusieurs moines habillés d'une toge orange, le crâne rasé et couvert d'une calotte, sortirent pour se diriger vers l'entrée principale en murmurant.

– Excusez-moi, dit Iv-han.

L'un d'eux, plus âgé que les autres, s'approcha.

– Bonjour, mon frère. Dites-moi... que faites-vous à l'intérieur de notre monastère ?

– Je m'appelle Iv-han. Je suis un pratiquant de l'Art du Singe et je viens du temple sur la montagne. J'ai ici une lettre de maître Ko-Hany qui l'atteste.

– Nous devrions parler de cela en présence du patriarche Muki. Venez avec moi, je vous présenterai.

Ils traversèrent la grande pièce de laquelle tous les autres moines étaient sortis. C'était une imposante salle rouge foncé parcourue de dorures, un brouillard d'encens stagnait dans la pièce, masquant presque les peintures qui ornaient le plafond. À l'avant se trouvait un autel où figurait une statue d'une grande dame habillée d'une robe simple et portant une couronne de fleurs au front. Elle tenait d'une main des grains de riz, de l'autre une plume. Chemin faisant, le vieux moine se présenta :

– Je m'appelle Yu-Li et voici la déesse Parvanna, celle qui écrit les saisons et qui est patronne des agriculteurs. Nous lui faisons fréquemment des offrandes, et elle a toujours été bonne pour nous.

Ils passèrent ensuite dans une grande bibliothèque où de nombreux scribes retranscrivaient des textes anciens. Yu-Li et Iv-han se dirigèrent vers le fond de la salle. Aucun des scribes ne leva les yeux de son ouvrage à leur passage. Lorsqu'ils furent arrivés devant une porte, Yu-Li frappa et l'ouvrit. Il fit signe à Iv-han d'entrer.

Il y trouva un homme à la barbe longue, habillé d'une toge orangée et coiffé d'un chapeau sans bord. Des dizaines de parchemins ornaient les murs et il semblait plongé dans une profonde méditation. Iv-han, ne sachant trop que faire, se racla la gorge puis attendit. Quelques minutes plus tard, le sage ouvrit les yeux et regarda Iv-han en face.

– Que puis-je pour vous, jeune homme ? s'enquit-il.

– Je viens parce que mon maître, Ko-Hany, m'a dit que je trouverais asile ici. Voici une lettre qu'il m'a chargé de vous remettre.

L'homme prit la missive et y jeta un œil.

– Mmm, je vois. Vous êtes un pratiquant de l'Art du Singe. Nous pourrons user de votre force dans les rizières. Il faut refaire certains canaux d'irrigation et nous aurons grand besoin de votre jeunesse. Bienvenue parmi nous.

Muki tira sur une cordelette qui pendait à ses côtés. Un instant plus tard, une jeune fille ouvrit la porte. Elle était vêtue des habits des scribes, munis de deux cylindres de cuir lui permettant de transporter ses documents à la hanche. Elle n'était pas très grande et la capuche de sa toge ne laissait deviner qu'un nez long et volontaire.

Iv-han la regarda avec un mélange de stupeur et de curiosité. Les seules filles qu'il avait côtoyées étaient celles du Temple du Singe, des guerrières dures et froides, des athlètes jusqu'au bout des ongles. Celle qui venait d'entrer marchait avec grâce et légèreté sur le marbre du sol, ses mouvements affichaient une nonchalance et un naturel qu'Iv-han n'avait jamais vus chez une de ses sœurs du temple. Son être entier dégageait la sérénité.

— Yoko, peux-tu conduire à sa chambre notre nouveau frère Iv-han. Tu lui montreras ensuite la salle des bains, et tu lui indiqueras le réfectoire pour le repas de ce soir.

Il se tourna vers Iv-han :

— Où nous te présenterons à toute la communauté.

Yoko leva son regard vers Iv-han, et ce dernier en fut saisi au point qu'il sentit tout son corps se figer. Elle était si belle. Ses boucles, la courbe de son cou, son sourire. Iv-han déglutit. Il faisait si chaud soudain !

— Suivez-moi, s'il vous plaît, lui dit-elle.

Pour toute réponse, Iv-han ne fut capable que d'acquiescer de la tête. Elle le précéda le long des corridors.

« Je crois que ce sera très intéressant d'être un paysan ! » pensa Iv-han.

Le temps passa. La vie au monastère était très différente de celle qu'il avait connue au temple, mais elle avait le même aspect routinier. Chaque jour, il se levait dès l'aube pour aller déjeuner dans la grande salle avec les moines. La plupart étaient plus âgés que lui et avaient beaucoup d'expérience dans la culture des rizières, mais les années de rude entraînement d'Iv-han l'avaient doté d'une forme physique peu commune parmi les paysans. Aussi s'était-il rapidement gagné le respect et même l'admiration des moines en travaillant de nombreuses heures, en grimpant habilement aux arbres pour y installer des poulies ou encore en réparant des échafaudages, même la tête en bas, se retenant dans cette position par la simple force de ses pieds.

Il y avait une autre raison pour laquelle les jours passaient si vite. Depuis qu'il l'avait rencontrée, Iv-han tentait toujours d'apercevoir la jolie Yoko. La plupart du temps, il la voyait vers la fin du jour, lorsqu'il rentrait du travail. Tout le monde s'arrêtait alors au puits pour se désaltérer et faire un brin de toilette. Iv-han était toujours le premier arrivé et il se lavait très vite. Dès qu'il avait terminé, il profitait de ce que chacun était occupé pour se diriger vers la salle des scribes.

Il portait une attention particulière à ce qu'on ne le remarque pas, parce que les scribes devaient être très concentrés sur leur ouvrage, mais Iv-han savait que Yoko attendait leur rendez-vous quotidien avec la même impatience que lui. Il la surprenait souvent à surveiller par la fenêtre d'où il venait habituellement. À ces occasions, il aimait la faire languir un peu. Il glissait alors lentement son regard dans l'entrebâillement de la porte et trouvait les yeux de sa belle. Ils pouvaient alors échanger leurs sourires.

Cela prenait quelquefois un peu plus de temps avant qu'elle ne le remarque, mais Iv-han avait alors tout le loisir de l'observer. Elle était si sérieuse et concentrée ; une mèche de cheveux tombait constamment au coin de sa bouche et elle devait la ramener derrière son oreille. Elle levait le regard de son ouvrage et trouvait l'œil admirateur d'Iv-han posé sur elle. Elle avait chaque fois ce réflexe pudique où elle baissait les yeux tout en ne pouvant s'empêcher de sourire. Le cœur d'Iv-han se mettait alors à battre avec force. Il devait s'arracher à la douce Yoko pour revenir auprès de ses compagnons de la rizière.

❧

Vihn-han briquait les planches de la salle de combat du temple à l'aide d'une pierre ponce. Depuis son altercation avec Iv-han, il y avait déjà quelques semaines, il s'affairait à cette tâche avec une discipline de fer. C'était un travail long et dur pour les mains parce qu'il fallait asperger le bois d'eau bouillante pour nettoyer la sueur et le sang qui s'y étaient incrustés. Dès qu'elle refroidissait, il fallait recommencer. Ses jointures saignaient, la peau de ses paumes était déchirée par la pierre abrasive, et ses genoux étaient irrités à force de patauger à quatre pattes dans l'eau et les saletés.

Mais il ne sentait même plus la douleur : il était rongé par ses remords. Il avait provoqué l'expulsion d'un des étudiants parmi les plus prometteurs de tous ceux qui étaient passés au temple depuis des générations. Iv-han avait toujours été plus rapide, un véritable guerrier, et admiré même par certains maîtres. Vihn-han, qui avait une année de plus, savait qu'Iv-han lui était supérieur dans sa maîtrise de l'Art du Singe.

Il s'attaquait à une tache coriace lorsqu'il entendit des pas feutrés derrière lui. Il ne se retourna pas. Il entendit qu'on déposait un seau plein d'eau près de lui. Il tourna la tête. C'était Ïo-tan, la consœur d'Iv-han, qui venait de s'agenouiller à ses côtés, une pierre ponce à la main. Sans dire un mot, elle se mit à frotter les planches du parquet, noyant le bois sous l'eau bouillante. Vihn-han récura encore un moment, puis, n'y tenant plus, se tourna vers Ïo-tan.

— Tu n'as rien à faire ici. Pourquoi veux-tu m'aider ? Tu sais bien que cette tâche me revient.

— Je suis aussi responsable que toi du départ d'Iv-han, répondit-elle. Je lui dois donc des excuses, et la seule façon de le faire est de partager ta peine.

— Non, Ïo-tan ! dit Vihn-han. Cette tâche me revient ! C'est moi qui t'ai attaquée, et qui me suis battu

avec Iv-han. Je dois réparer les torts que je lui ai fait
subir. Il a dû partir par ma faute, il ne terminera peut-
être jamais sa formation alors qu'il était le meilleur
singe d'entre nous. Va-t'en !

— Tu ferais mieux de te taire, répliqua Ïo-tan. Tu
as trébuché à cause de mon orgueil, et je n'ai pas tenté
de vous séparer pendant que vous vous battiez. J'ai
été orgueilleuse et mon meilleur ami, mon frère de
cercle, a été expulsé parce que je n'ai pas su maîtriser
mes émotions. Tu as le choix : tu me laisses laver le
plancher ou tu peux « essayer » de me faire partir. On
verra alors qui les maîtres choisiront de renvoyer.

Vihn-han se tut. Il savait reconnaître ce regard
chez n'importe quel guerrier. Ïo-tan ne reculerait
pas : elle était prête à s'entêter. « Cette fille, quel caractère quand même ! » Il se remit à la tâche. Après
tout, si elle voulait l'aider, ce n'était pas plus mal. Il
devait nettoyer toutes les surfaces de bois du temple.
C'était une épreuve colossale. Vihn-han devait y
consacrer chaque heure n'étant pas dédiée à son entraînement, qui lui prenait déjà près de douze heures
chaque jour. Depuis des semaines, il ne dormait que
le temps nécessaire à sa survie, et cela pour frotter à la
pierre ponce les poutres, solives et planchers de tout
le temple. « Allez, laisse tomber, se dit-il, elle se las-
sera bien assez vite. »

Cela faisait déjà quelques semaines qu'Iv-han travaillait dans les rizières. Ce jour-là, il faisait très beau. Il commençait à se faire tard dans l'après-midi. Tous les ouvriers s'étaient épuisés à réparer le barrage qui se trouvait au fond de la vallée. Iv-han plantait seul les longs clous de fer dans le bois à l'aide d'une lourde masse, même si tous lui recommandaient de partager sa peine avec les autres. Il les assurait que cela remplaçait son entraînement, aussi n'avait-il pas pris la moindre pause.

Les arts martiaux commençaient à lui manquer. L'excitation d'un combat était très différente de la joie d'avoir bien travaillé aux rizières. Et depuis quelques jours, il n'arrivait plus à voir Yoko. Elle avait changé de tâche et n'était plus dans la bibliothèque des scribes lorsqu'il arrivait du travail. C'était une déception, soir après soir, que de constater qu'elle ne se trouvait plus à leur rendez-vous. Iv-han pensait à cela alors qu'il enfonçait un dernier clou.

— Hé, Iv-han! Ne frappe pas si fort, tu vas finir par endommager le bois, dit Jamo, le contremaître.

— Désolé, Jamo, j'avais la tête ailleurs.

— Qu'est-ce que tu as, ces temps-ci, tu as toujours la tête dans les nuages... Ça n'aurait pas à voir avec une certaine demoiselle au nez fin et qui replace tout le temps une mèche de ses cheveux?

Iv-han rougit.

— Qu'est-ce que tu racontes? Tu... Tu inventes des histoires.

– Allez, mon gars, j'en ai vu d'autres. Tu crois qu'on ne sait pas pourquoi tu arrives toujours le premier au puits le soir ? Allons, tu peux me l'avouer.

– Ce n'est rien, c'est juste que c'est la première personne que j'ai rencontrée ici, c'est tout.

Jamo, fier de son coup, se tourna vers les autres travailleurs en criant :

– Hé, les gars ! Iv-han est amoureux !

– De qui, Jamo, dis-nous ? répliqua le plus curieux.

– Yoko ! Mais il ne l'admet pas, ricana Jamo.

– Ah ouais, la petite Yoko ! C'est qu'il a du goût le Iv-han, souligna le plus espiègle.

– Bon, ça suffit ! rugit Iv-han.

Et tous d'éclater de rire.

C'est ce moment que choisit le patriarche Muki pour se manifester. Il souriait, content d'entendre ses hommes de si bonne humeur. Il héla Jamo.

– Jamo, il me faut quelqu'un pour accompagner un scribe à la ville. J'ai plusieurs courses à faire faire, et ils ne seront pas trop de deux.

– Mais vous savez bien que j'ai besoin de tous mes hommes, répliqua le contremaître. Qui envoyez-vous en ville ?

– Yoko. J'avais pensé qu'on pourrait dépêcher « le curieux » avec elle.

Il y eut alors un long silence. Iv-han sentait son cœur battre jusque dans ses oreilles. « Le curieux » lui adressa un clin d'œil.

— Ce n'est pas de chance, expliqua-t-il à Muki, je me suis blessé à la cheville aujourd'hui. Je ne pourrai pas marcher tout ce chemin.

— Pourquoi n'envoyons-nous pas Iv-han avec elle ? demanda alors Jamo. Il a travaillé fort ces derniers jours, un petit voyage lui fera du bien.

— Bonne idée, soutint Muki. Iv-han, accepterais-tu d'accompagner Yoko ?

Iv-han voulut répondre, mais les mots n'arrivaient pas à sortir de sa bouche. Il prit une lente inspiration, fit un grand oui de la tête, mais ne souffla mot. Tous ses compagnons le regardaient d'un air amusé. Jamo s'approcha de lui et lui donna une grande tape sur une épaule en lui chuchotant à l'oreille :

— Allez, Iv-han, il ne faudrait pas que le patriarche change d'idée, non ?

Iv-han suivit donc Muki jusqu'au monastère. Lorsqu'il arriva, il trouva Yoko. Quand elle le vit, elle ne put réprimer un sourire. Muki dit alors :

— Yoko, tu dois me trouver de l'encre, la plus noire, et du parchemin. Je veux celui qui est très épais et qui résiste à l'eau. Comme tu auras beaucoup de matériel à transporter, Iv-han va t'accompagner. Vous passerez la nuit au monastère de la ville et reviendrez le lendemain. Des questions ?

Iv-han n'en croyait pas ses oreilles. Il allait passer non pas un, mais deux jours entiers auprès de la belle Yoko. Avec personne aux alentours pour les déranger...

Il en eut des sueurs froides. S'il ne faisait rien cette fois, c'était fichu ! Tout ce qu'il savait faire, c'était manier le bâton et briser des planches avec ses pieds. Jamais il n'avait approché une fille et il se demandait bien...

— Ma foi, répondez ! Avez-vous des questions ?

Yoko n'avait pas plus répondu que lui. Elle semblait elle aussi un peu hébétée par la situation. Elle avait sursauté à la nouvelle demande de Muki. Iv-han remarqua qu'elle rougissait quelque peu de s'être fait prendre la tête ailleurs.

— Non, patriarche Muki, pas de questions, répondirent-ils en chœur.

— Bon, j'aime mieux ça. Préparez-vous, vous partirez demain à l'aube.

Iv-han ne dormit pas de la nuit. Le matin ne vint que tranquillement, mais lorsqu'il arriva enfin, il eut l'impression que ce fut trop vite. Il se leva fatigué du manque de sommeil et entreprit de faire ses exercices matinaux. Il savait que le soleil ne se lèverait pas avant une heure. Il sortit du monastère et commença son rituel, déliant ses muscles et faisant des étirements.

— Qu'est-ce que tu fais ?

Iv-han se retourna en sursaut. C'était Yoko qui lui avait posé cette question, les cheveux défaits, les yeux rouges de fatigue. Elle avait déjà préparé ses bagages posés tout près d'elle. Il ne put s'empêcher de la regarder. Elle était habillée en voyageuse. Sa large robe de scribe avait fait place à un court pantalon qui laissait voir ses chevilles. Et ce justaucorps qui épousait ses formes ! Iv-han sentit un désir inconnu surgir en lui, un afflux de sang envahit son sexe.

Il déglutit, gêné, ne sachant comment réagir. Elle se contenta de lui adresser un nouveau sourire, timide, et de baisser les yeux.

— Ce sont les étirements de base de l'Art du Singe, dit Iv-han. Je dois les effectuer tous les jours.

Il fit le grand écart.

— Ce doit être vraiment dur de pratiquer les arts martiaux, non ? lui demanda-t-elle.

— Je ne sais pas, je ne connais pas d'autre vie, répondit Iv-han en plaçant une jambe derrière sa tête. Tu es toujours debout à cette heure ?

— Je... je... je préparais mes bagages en attendant que tu te lèves ; je suis trop excitée à l'idée de quitter le monastère, je n'arrivais pas à dormir.

— Ça tombe bien, dit Iv-han en se tenant sur ses mains. Je n'ai pas fermé l'œil non plus.

En guise de réplique, Yoko lui offrit son plus beau sourire. Iv-han faillit tomber sur la tête, mais réussit à reprendre son équilibre pour retomber sur ses pieds. Ils se regardèrent un moment et, se surprenant une nouvelle fois à rêver, ils rirent et soulevèrent leurs bagages. La cloche du monastère annonça le lever du jour. Ils prirent ensemble le chemin de la grande ville.

La matinée passa rapidement, Yoko bombardant Iv-han de questions sur les techniques de l'Art du Singe et sur sa vie de pratiquant des arts martiaux.

— J'aurais tellement aimé être une guerrière comme dans les mythes ancestraux. Combattre des bêtes féroces à poings nus, même des dieux, s'il le fallait! s'exclama-t-elle.

— Ce ne sont là que des mythes, la réalité du guerrier est bien différente. Tous les jours, il faut se lever, faire les étirements, les entraînements, rester des heures en silence, perché sur une tige de bambou. Se tenir à bout de bras à des branches pour endurcir ses muscles... Tout ça en se faisant taper sur la tête à coups de baguette de bois par un maître sadique!

— C'est vrai que ça n'a pas l'air facile, accorda-t-elle, mais c'est mieux que de s'asseoir toute la journée devant de vieux textes et de tenter de les reproduire dans les moindres détails afin que les générations futures puissent les lire. J'ai beaucoup appris sur le code et les usages divins, mais ce n'est pas toujours drôle, tu sais...

Iv-han savait et il acquiesça de la tête. Le destin de chacun était déjà tracé, quoi que l'on fasse.

Ils arrivèrent bientôt sur une route escarpée qui montait sur de grandes collines. Ils l'empruntèrent, mais après un moment, la marche devint vite épuisante pour Yoko. Iv-han se rendit compte de tout ce que son entraînement ardu lui avait apporté.

Il aurait continué des heures à ce rythme, mais Yoko, habituée à pousser une plume plutôt qu'un adversaire, n'en pouvait plus. Il lui tendit la main pour l'aider à monter le dernier cap avant le sommet. Sa peau était douce et sa main frêle ; Iv-han en eut des frissons. Elle lui sourit et le remercia. Ils s'assirent côte à côte et entreprirent de manger un peu pour reprendre des forces avant de poursuivre leur périple. Un inconfortable silence s'installa. Iv-han, n'en pouvant plus, prit la parole.

— Dis, Yoko, as-tu déjà lu des histoires d'amour ?

— Heu, oui, quelques-unes, dit-elle. Pourquoi ?

— Je me demande comment c'est. Nous, au temple, on n'avait droit qu'à des histoires de guerre.

— ...

— Et comment ça se passe. Je veux dire, comment est-ce qu'ils tombent amoureux, les gens ? demanda Iv-han.

— Je ne sais pas trop, ça dépend toujours des histoires. La plupart du temps, les choses semblent se faire d'elles-mêmes. Les futurs amoureux se voient, et ils ressentent un incroyable besoin de se rapprocher. Puis, ils attendent un peu, question de vérifier l'intérêt de l'autre ; parfois trop, parce qu'ils sont timides. Mais le vrai pacte d'amour, c'est le premier baiser.

— Tu y crois, toi, à ces histoires ?

— Je crois qu'il y a du vrai, mais je ne suis pas sûre que ce soit chaque fois aussi romantique. En fait, je n'en sais rien, je n'ai jamais embrassé un garçon...

— ...

— Toi, as-tu déjà embrassé une fille ?

— ...

— Iv-han ! Je te parle ! Est-ce que...

Iv-han se pencha vers elle et, avant même qu'il n'en prenne conscience, trouva ses lèvres liées à celles de Yoko. Elles étaient douces comme de la soie. Yoko ne bougea pas du tout. Iv-han s'en aperçut et, mal à l'aise, se détourna.

— Je suis désolé, Yoko, je ne sais pas ce qui m'a pris. Ce sont ces histoires, elles...

Iv-han s'interrompit. Yoko avait pris sa main. Elle s'approcha de lui, les yeux mi-clos, posant un doigt sur la bouche d'Iv-han pour le faire taire. Ils s'embrassèrent, doucement au début, puis de plus en plus intensément, explorant les moindres replis de leurs lèvres. Un long moment passa sans qu'aucun des deux en ait conscience. Ils se regardèrent les yeux dans les yeux et se mirent à rire. Yoko dit :

— Faisons en sorte que ce soit notre secret.

— Je ne pourrai jamais oublier le regard que tu as aujourd'hui, répliqua Iv-han.

⟳

Iv-han et Yoko demeurèrent un instant ainsi, main dans la main, avant de reprendre leur route. Ils riaient, parlaient et s'embrassaient. L'après-midi passa si vite que la noirceur les surprit alors qu'ils étaient encore loin de la ville.

– Nous avons dû perdre beaucoup de temps en route, dit Iv-han, sourire aux lèvres.

Yoko pouffa de rire :

– Ce n'est pas grave, tu diras que je t'ai ralenti. Campons ici, nous avons ce qu'il faut pour la nuit et nous pourrons reprendre le chemin demain matin.

Ils s'arrêtèrent au bord de la route, prirent leurs couvertures et les mirent par terre. Iv-han alluma un feu et ils collèrent leurs corps en regardant les flammes se refléter dans leurs yeux. Ils s'allongèrent pour observer les étoiles qui brillaient au-dessus de leurs têtes. Yoko pointa le ciel :

– Tu vois cette constellation ? C'est le Parchemin, on raconte que le destin de chaque personne y est inscrit. Et là, c'est le Dragon, celui qui régit le feu de la Terre. Celle-là, c'est le Masque, le symbole du mystère et de l'inconnu.

Iv-han la regarda, étonné :

– Tu connais tant de sujets, s'étonna-t-il. Tu m'impressionnes.

– On lit beaucoup lorsqu'on retranscrit des ouvrages, tu sais, répliqua-t-elle. La connaissance, c'est la seule vraie dévotion du scribe.

– Veux-tu dire que tu ne me seras jamais dévouée ? demanda Iv-han, sourire en coin.

– Ce que tu peux être bête ! s'exclama-t-elle en se lançant sur lui pour le couvrir de baisers.

Ils étaient là, à se serrer l'un contre l'autre, heureux de s'être trouvés, lorsqu'ils entendirent un bruit. C'était un son étrange, un vrombissement lointain qui devint de plus en plus fort jusqu'à devenir assourdissant. Iv-han se leva alors que le vacarme cessait pour faire place à celui d'un objet lourd qui choit sur le sol. Ils entendirent alors des cliquetis et aperçurent, dans la lueur du feu, le regard d'insecte d'un ushanz.

Cette créature un peu plus petite qu'un cheval servait souvent de monture de guerre aux soldats de l'île de Saï. Il s'agissait d'une sorte de sauterelle gigantesque munie de six pattes, et certaines avaient de terribles mandibules. Les deux pattes arrière étaient les plus imposantes, énormes et repliées sur elles-mêmes pour permettre des sauts de longue portée. Les ushanzs ouvraient alors leurs carapaces pour battre de leurs petites ailes. Les plus puissantes de ces créatures pouvaient sauter jusqu'à quinze à vingt mètres de haut et planer sur près de cinquante mètres avant d'atterrir. Elles parcouraient ainsi les distances à des vitesses impressionnantes.

C'était ce bruit que Yoko et Iv-han avaient entendu. Lorsque les ushanzs étaient montés, les trajets parcourus étaient souvent moins prodigieux, mais il n'en demeurait pas moins que ces monstres apportaient un avantage certain lors de batailles. Iv-han recula de deux pas, s'interposant entre la créature et Yoko. Une autre bête entra dans la lumière et Iv-han aperçut deux cavaliers en armure portant une lance à leur côté. Ils s'approchèrent du feu. L'un d'eux mit pied à terre.

— Qui êtes-vous ? dit-il d'un ton autoritaire.

— Nous sommes de simples voyageurs, répondit Iv-han.

— Vous venez du monastère ?

— Ça se pourrait... Et vous, que faites-vous là ?

— Ça ne te regarde pas, fiston.

Puis le garde retourna vers son compagnon et fit mine de se remettre en selle. Yoko se pencha vers Iv-han :

— Ils portent les armoiries du seigneur Homaer ; ils n'ont rien à faire en territoire Dantso.

Les soldats la regardèrent d'un air suspicieux. Celui qui était toujours en selle se pencha vers son compagnon pour lui souffler une remarque à l'oreille. Iv-han demeurait sur ses gardes, étudiant chacun de leurs mouvements, comme on lui avait appris à le faire pendant tant d'années. Le soldat qui leur avait adressé la parole reprit :

— Tu ne serais pas un pratiquant de l'Art du Singe, toi, par hasard ?

— Qu'est-ce que ça changerait ? répondit Iv-han.

— Mon équipier est sûr que tu en es un. Comme je n'en ai jamais vu, j'étais curieux.

Yoko recula derrière Iv-han. Cet homme mentait. Iv-han reprit son souffle et dit :

– Je ne suis pas un pratiquant de cet art, je suis un simple paysan, comme je vous l'ai dit.

– Ah bon, dans ce cas, désolé, répondit le guerrier.

L'éclaireur se retourna vers sa monture, s'avança comme pour y grimper, mais se retourna aussitôt vers Iv-han et le chargea, lance devant. Yoko eut un cri de surprise, mais pas Iv-han. Il avait pressenti la ruse, car les mouvements de l'homme étaient rigides de nervosité. Selon lui, ce ne devait pas être un très bon guerrier.

Le soldat fonça à toute vitesse, tentant de percer le ventre d'Iv-han de la pointe de son arme. Ce dernier fit un mouvement éclair sur le côté pour esquiver la lance, puis l'attrapa de ses deux mains. Le soldat tomba de sa selle, emporté par l'élan de son ushanz, et Iv-han en profita pour briser la lance d'un coup de genou.

Le deuxième guerrier rugit de colère et éperonna son ushanz pour arriver à la portée de Yoko. Iv-han ne fit ni une ni deux et projeta le bout de lance qu'il avait en main dans la gorge du soldat. Yoko se tourna vers Iv-han.

– Attention! Derrière toi! dit-elle.

L'autre soldat avait repris ses esprits et dégainé une courte épée recourbée. Il s'avança vers Iv-han fou de rage et tenta de le poignarder au ventre. Iv-han bloqua le mouvement rudimentaire du soldat sous son aisselle de façon à lui faire une clé de bras tout en se retrouvant derrière lui. Le guerrier poussa un cri de douleur et laissa tomber son arme. Iv-han le mit face contre terre et dit:

– Pourquoi êtes-vous sur les terres des Dantso ?

– Aïe ! Rien ne sert de résister, vous allez tous mourir de toute façon ! répondit le soldat.

Iv-han tordit encore le bras dans une position de moins en moins naturelle.

– Tu n'as pas répondu à ma question...

– Aïe, aïe ! Tu ne peux rien y faire... Aïe ! Tu... tu...

Sous l'effet de la torsion constante qu'Iv-han exerçait, le bras de l'éclaireur finit par céder dans un craquement lugubre. La douleur intense fit perdre connaissance au soldat. Iv-han le lâcha et se retourna vers Yoko. Celle-ci s'était déjà approchée des ushanzs et fouillait dans les sacoches des selles.

– Que crois-tu qu'ils faisaient par ici ? demanda Iv-han.

– Ils avaient de la nourriture pour plusieurs jours et... Tiens, regarde ! Une carte !

Yoko examina rapidement la carte.

– C'étaient des éclaireurs, reprit-elle. Ils devaient noter les campements : il y a des X là où ils sont passés.

– Comment sais-tu cela ?

– Je te l'ai déjà dit : en recopiant de nombreux manuscrits, dont des manuels militaires. Je sais lire un plan d'attaque. C'est une histoire fascinante que celle des armées, tu sais, et... Oh ! Par tous les dieux !

– Qu'y a-t-il ? pressa Iv-han.

– Regarde la carte. Ils faisaient une exploration méthodique, comme pour mener une armée au combat. J'ai le pressentiment qu'ils préparaient la voie pour... Oui, ça ne peut être que ça.

Yoko déglutit.

– Iv-han, je pense qu'ils vont tenter d'attaquer le Temple du Singe !

Iv-han la dévisagea.

– Mais pourquoi ? s'exclama-t-il. Nous ne leur avons rien fait !

– Le seigneur Homaer a la réputation d'être un fin stratège, mais aussi quelqu'un qui n'a aucune pitié pour ceux qui se trouvent sur son chemin.

Iv-han se rendit à l'évidence : Yoko devait avoir raison. Il lui fallait retourner au temple pour prévenir les moines. Il voulut monter sur un ushanz, mais elle l'arrêta.

Où est-ce que tu vas ?

– Yoko, je dois avertir mes maîtres au temple. Un singe averti en vaut deux !

– Et moi, qu'est-ce que je vais faire ici ?

– Les moines de la vallée sont peut-être aussi en danger : ils ont des liens étroits avec notre communauté après tout. Monte sur l'autre ushanz et va prévenir le patriarche Muki.

Yoko recula de deux pas, abasourdie par la vitesse à laquelle se succédaient les événements. Iv-han la prit dans ses bras pour la rassurer et dit :

– Yoko, la guerre n'attend jamais que l'on soit prêt. Tu dois être brave. Je te promets que l'on sc

retrouvera vite, et que nous ne nous séparerons plus
pour un très long moment.

Elle laissa échapper un grand soupir, puis fit un sourire à Iv-han. Il l'embrassa, puis l'aida à prendre place
sur sa monture. Elle se pencha pour un dernier baiser
puis, d'une main incertaine, mit sa monture en marche.
Iv-han la regarda partir dans la nuit, sauta sur son
ushanz et partit vers le Temple du Singe.

CHAPITRE III

Le singe paraît indiscipliné, mais il n'en est rien. Le singe est un animal social dont la survie dépend de la cohésion de sa bande. Aussi dans chaque groupe y a-t-il un chef et des subordonnés. Si parfois un chef est contesté, ce n'est que pour être remplacé par un individu plus averti. Il doit en être de même dans les temples où l'Art du Singe se pratique : l'obéissance à plus sage que soi est une question de survie.

TROISIÈME COMMANDEMENT DE L'ART DU SINGE.

Dame Joyün regardait à l'horizon la mer qui s'étendait devant elle. La nuit tombait et seule une mince ligne de lumière permettait encore de distinguer l'océan du ciel. Joyün était heureuse, mais exténuée. Il y avait déjà près de trois semaines qu'elle avait quitté Homaer pour venir trouver les pirates de Saïnon et leur proposer de faire alliance avec le futur royaume d'Homaer.

Elle était investie d'une mission que seule une maîtresse de l'Art subtil pouvait réussir. Ces techniques transmises de génération en génération au sein des familles nobles de l'archipel de Saï constituaient une arme redoutable entre les mains de qui savait s'en servir. Les maîtres de l'Art subtil pouvaient lire dans les pensées de leurs adversaires comme le font les meilleurs joueurs d'échecs. Ils étudiaient leurs gestes et leurs propos pour connaître leurs motivations profondes, trouvaient leurs faiblesses afin de les exploiter. La première leçon de l'Art subtil était la plus simple : tout a un prix.

Leurs propres paroles avaient l'effet d'un poison dans l'âme des hommes, pouvant les obséder jusqu'à leur faire commettre des bêtises. L'Art subtil enseignait à ses adeptes à s'élever au-dessus des masses pour être adulés par elles. Les artistes véritables savaient jouer avec leur apparence, leur regard et l'inflexion de leur voix pour susciter une admiration irrationnelle chez les autres. Personne ne voulait être rejeté par de si beaux êtres, et tous les maîtres de cet art savaient commander le respect d'un simple mouvement des lèvres.

La seule faiblesse de ces adeptes résidait en ce qu'ils n'étaient pas seuls à posséder ce talent. Toutes les familles de l'archipel de Saï cultivaient leur propre tradition de l'Art subtil, et ses pratiquants en étaient tous venus à s'espionner mutuellement, vivant dans un climat de paranoïa qui durait depuis des siècles. Joyün savait que son absence ne passerait pas inaperçue chez ses adversaires.

Aussi avait-elle prétexté être malade et avait-elle embauché une doublure pour la remplacer chez elle.

Elle avait même insisté auprès de la jeune femme pour qu'elle ait des relations intimes avec Homaer, ce qui éviterait tout soupçon chez les espions, qui ne manqueraient pas de transmettre les derniers détails de son état de santé à leurs maîtres respectifs.

Elle lui avait promis des gages en or pur. Dame Joyün n'avait cure de ce sacrifice fait au détriment de son orgueil. Et puis cet or était déjà entre les mains d'un fidèle tueur à gages qui ne manquerait pas de faire disparaître son double avant son retour. Un meurtre qui aurait l'avantage d'éliminer un témoin gênant tout en s'assurant qu'un bâtard ne pourrait pas menacer l'héritage de l'enfant auquel le couple seigneurial ne manquerait pas de donner naissance. Joyün était satisfaite : son plan était parfait.

Elle était donc partie de nuit avec un petit équipage où chacun était déguisé en caravanier. Ils avaient traversé les grandes plaines séparant les villes de Songatur et Loliem dans le silence. Dame Joyün préparait sa stratégie. Convaincre les pirates de Saïnon de mener une attaque sur Loliem ne serait pas chose aisée ; non seulement son mari était d'origine étrangère, mais les pirates avaient la réputation d'être des patriotes xénophobes : cette combinaison n'augurait rien de bon. Cependant, comme tous les hommes, les pirates avaient deux points faibles : le pouvoir et les femmes. Elle tablait sur ce fondement psychologique commun pour trouver une faille chez eux et l'exploiter.

Arrivée à la ville côtière de Loliem, Joyün se rendit à la taverne du port où l'attendait un agent de son mari. Il lui indiqua un navire au capitaine discret qui saurait la faire traverser jusqu'à Saïnon. Elle pourrait alors rencontrer l'amiral autoproclamé Kayo, un capitaine pirate détenant une large flotte de navires tous remplis à ras bord de truands de la pire espèce.

Ils attendirent de nouveau la nuit pour appareiller. Ils traversèrent le bras de mer entre les deux îles sans ambages en deux jours. Ils arrivèrent donc en vue du port alors que le soleil se couchait à l'horizon. En débarquant dans le port de Saïnon, la ville principale de l'île du même nom, dame Joyün dut se couvrir le nez et la bouche de son mouchoir. Les rues souillées de cette ville laissée à elle-même dégageaient une odeur pestilentielle. Le capitaine de son navire lui indiqua le chemin pour trouver l'amiral Kayo. Elle marcha entre les immondices en compagnie de ses hommes en direction d'une maison longue faisant face à la mer.

À l'intérieur, elle trouva plusieurs dizaines d'hommes et de femmes se saoulant au mauvais saké et à l'eau-de-vie. Plusieurs sifflèrent à la vue de sa beauté, mais le regard froid qu'elle leur lança les fit taire. La maison était constituée d'une seule salle. Elle scruta la conduite des hommes pour en repérer le chef.

Devant elle ne se vautraient que des dépravés analphabètes, imbibés d'alcool, débordant d'hormones, empestant la sueur. À l'autre extrémité du bâtiment, elle vit une compagnie de mariniers à l'écart. Alors que partout, les marins se battaient pour un verre de saké, eux étaient laissés en paix. Ils discutaient autour d'un bon repas et, si leurs visages n'étaient guère plus propres que ceux des autres clients, dame Joyün sut reconnaître les chefs de ces équipages.

L'amiral Kayo était entouré des capitaines de ses navires. C'était un homme dans la quarantaine, une large cicatrice parcourait son visage de la joue droite jusqu'à la tempe. Un douloureux souvenir d'une vie d'aventures à voler les riches marchands faisant halte à l'archipel de Saï dans leurs traversées de l'océan de Pangui. Il avait les cheveux noirs, longs et sales. Des bijoux ornaient ses oreilles, ses lèvres, son nez et ses sourcils. Un long serpent de mer tatoué sur son cou descendait sur son bras gauche pour finir dans la paume de sa main.

Malgré son apparence hirsute, l'amiral avait la réputation d'être un homme de grande culture, à l'intelligence vive et au sens des affaires aiguisé. C'était le pirate le plus respecté des mers de Saï, parce qu'il avait survécu le plus longtemps à leurs dangers. Il était devenu mousse à l'âge de dix ans, et depuis, il n'avait cessé de sillonner les mers. Il parlait six langues et pouvait se débrouiller dans plus d'une dizaine de dialectes.

Il avait réussi à monter la flotte pirate la plus crainte du monde. Il avait sous ses ordres plus d'une vingtaine de navires et des équipages comptant six cents féroces écorcheurs. Il était lui-même une fine lame, ayant croisé le fer avec les plus dangereux corsaires. Joyün traversa la salle emplie de truands pour venir se planter devant la table de Kayo. Tous les capitaines qui y étaient assis la dévisagèrent. Elle retira le capuchon qui lui couvrait la tête. Les pirates restèrent de glace, tous, sauf Kayo. Celui-ci connaissait la politique de l'archipel de Saï et reconnut tout de suite dame Joyün. Il se leva, regarda Joyün de haut en bas et dit :

— Madame ! C'est une surprise que de vous accueillir dans mon humble demeure. Votre maison ne nous a pas souvent fait l'honneur de visites de courtoisie.

— Vous savez pourquoi je suis venue jusqu'à vous ?

— La venue d'une adepte de l'Art subtil n'est jamais de bon augure, mais j'avoue que je ne vois pas, madame, dit le pirate.

— Je voudrais parler affaires avec vous, amiral, expliqua Joyün. Pourrions-nous discuter en privé ?

À ces mots, un murmure de désapprobation s'éleva. Joyün remarqua à la table de l'amiral un jeune pirate qui ne cessait de l'admirer. Les ailes de ses narines s'étaient retroussées lorsqu'elle avait demandé de l'intimité à son commandant. Il était envieux, et Joyün sut qu'elle pourrait en tirer avantage.

— Sachez qu'ici, madame, les lois ne sont pas celles de la noblesse, indiqua l'amiral Kayo. Entre pirates, il n'y a pas de secrets. Parlez, nous vous écoutons.

Dame Joyün jubila sans rien laisser paraître. « Ces imbéciles s'inventent démocrates », songea-t-elle.

– Comme vous le désirez, répondit-elle. Je viens requérir vos services. Nous avons besoin que vous meniez une attaque sur un port de l'île de Saï, une prise facile pour des corsaires de votre calibre. Vous devrez y rester jusqu'à ce que les renforts arrivent. Si vous acceptez, je vous garantis que la flotte de mon mari vous laissera les coudées franches pour toute l'année à venir et que vous pourrez conserver tout ce que vous aurez pillé là-bas.

Cette fois, ce fut plutôt un ronronnement de joie qui se répandit dans l'assemblée. Tous savaient que la parole d'une maîtresse de l'Art subtil valait plus que de l'or. C'étaient des menteurs et des hypocrites, mais une fois un accord scellé, jamais il n'était trahi. Une année de paix avec la flotte d'Homaer, précisément celle qui faisait la vie la plus dure aux pirates, c'était plus de temps qu'il n'en fallait pour amasser une vaste fortune. Déjà, tous les flibustiers qui étaient présents rêvaient de trésors et d'une retraite dorée.

Kayo prit une longue respiration. Il n'était pas dupe : une telle offre ne venait pas sans risques. Son premier réflexe aurait été de refuser et de la torturer pour savoir ce que mijotait son diable de mari, mais il se rendait compte de son erreur. « Maudite maîtresse de l'Art subtil, pensa-t-il. Je voulais demeurer au milieu de mes hommes pour qu'elle ne puisse pas me séduire en privé, et voilà qu'en cinq phrases, ils sont tous tombés sous son charme. Il va falloir jouer dans la nuance... »

– Votre mari est un étranger, répondit Kayo. J'ai confiance en votre parole, pas en la sienne. Comment pouvez-vous garantir que sa flotte nous fichera la paix ?

– Vous n'aurez qu'à hisser un étendard que j'ai confectionné à votre intention sous votre pavillon noir. Aucun des navires l'arborant ne pourra être attaqué par notre flotte. Je pourrai aussi vous remettre des documents officiels attestant l'authenticité de l'entente, signés de ma main et officialisés par le sceau seigneurial. Je suis une fille de Saï, vous pouvez compter sur ma parole d'honneur.

La foule remua de joie. L'honneur d'une noble de Saï était le plus sûr des talismans. Si elle trahissait son serment et que cela devait venir aux oreilles du peuple, elle ferait face à l'exil. Avec des documents officiels en mains, il n'y avait rien à craindre.

Kayo entendit la rumeur et ne put croire en la naïveté de ses hommes. Ses pirates étaient des crapules féroces, mais de bien piètres négociateurs, et Kayo voulut savoir ce que tirerait Homaer de cette alliance. Il fallait qu'il louvoie habilement.

– C'est une offre intéressante, dit-il, mais ce n'est pas sans danger. Quelle ville voulez-vous qu'on attaque ?

Dame Joyün vit la lacune dans les défenses de Kayo. Elle avait compris son stratagème, mais elle se demandait pourquoi il tenait à prolonger la conversation devant ses hommes. Normalement, les détails doivent demeurer secrets, surtout chez les pirates, pour s'assurer qu'une taupe ne les laisse pas filtrer chez les ennemis.

Dame Joyün regarda l'assemblée des capitaines qui l'entouraient. Tous la dévisageaient. Tous sauf un. Son jeune admirateur regardait dédaigneusement Kayo. Elle décida de tenter sa chance.

— Je suis surprise que vous hésitiez à ce point, amiral, dit-elle. Peut-être mon offre est-elle trop modeste. Très bien, je vous offre dix-huit mois de paix, mais pas un jour de plus.

— Ça n'élimine pas les risques.

— J'ai des agents déjà en place, vous pourriez envoyer des hommes en éclaireurs. Mais je vois que mon offre vous importune, vous m'en voyez désolée.

Dame Joyün posa alors les yeux sur son jeune admirateur. Elle plongea toute la puissance de son regard dans le sien.

— Peut-être trouverai-je un courageux aventurier qui a moins à perdre que vous. Je resterai à Saïnon jusqu'à demain. Vous pourrez me trouver sur mon navire si vous changez d'idée.

Sur ces paroles, dame Joyün fit mine de partir. L'amiral Kayo sentit la situation lui glisser entre les mains. Il avait bien vu le regard que Joyün avait lancé à son jeune commandant.

« Cet imbécile serait bien capable de me trahir pour saisir l'offre d'Homaer, se dit Kayo. S'il le fait, il partira avec une partie de mes hommes et me détrônera en un an grâce à cette alliance. Aujourd'hui, elle a été la plus forte, elle ne m'a pas laissé le choix d'accepter. »

Kayo regarda la silhouette de Joyün qui s'éloignait au milieu d'un silence respectueux de la part des pirates, habituellement si insolents. Il la contempla et ne put s'empêcher d'être en admiration devant une négociatrice aussi rusée. Elle n'était entrée dans sa maison que depuis une trentaine de minutes et déjà elle en était maître. Il vit le jeune capitaine se lever ; il allait déjà la rejoindre. Il lui fallait agir.

– Attendez, dame Joyün, dit Kayo. Je pense que votre offre est plus qu'intéressante et je constate que vous êtes une excellente négociatrice. Très bien, j'accepte le marché. Mais restez donc un peu. Une telle alliance mérite qu'on la scelle !

À ces mots, tous les pirates crièrent leur joie. La fortune leur appartenait ! Ils ouvrirent des bouteilles de saké et entreprirent de boire jusqu'à plus soif. Le jeune admirateur s'approcha de Joyün, sourire aux lèvres, mais l'amiral Kayo avait élevé la voix au-dessus du brouhaha de l'assemblée pour demander à la noble dame de le rejoindre.

– Maintenant, madame, chuchota-t-il, j'espère que votre plan est au point. Voyez comme mes hommes sont heureux ; il ne faudrait pas les décevoir.

∽⋘∾

Les derniers jours avaient été très durs. Dame Joyün avait dû utiliser tous les stratagèmes de l'Art subtil pour être en mesure de convaincre les pirates qu'une attaque sur le port de Loliem ne présentait qu'un faible risque, comparé aux énormes retombées dont ils pourraient profiter. Au fil des heures, elle avait su tirer parti de toutes les failles de l'amiral Kayo : son appétit du gain, sa fierté guerrière, sa gloire personnelle et même son faible pour les belles femmes. Elle avait été impressionnée d'avoir eu affaire à un aussi bon négociateur. « Ce pirate sera un homme à surveiller si nous remportons la victoire, se dit dame Joyün. Il est pour l'heure un allié important, mais il pourrait bien devenir un ennemi après avoir récolté le butin que je lui ai promis. »

L'amiral Kayo avait réfléchi à de probables intentions cachées d'Homaer. Attaquer le port principal des Dantso était un acte vain lorsque leur commandant en chef, le général Bikal, s'y trouvait. Or, les hommes qu'il avait envoyés en éclaireurs dans la ville étaient tous revenus avec la même version des faits : le général Bikal avait quitté la cité avec l'essentiel de ses effectifs. Cela ne pouvait signifier qu'une chose, selon l'amiral Kayo : ce mouvement de troupes gênait le seigneur Homaer et il désirait les confiner dans la ville. Une attaque pirate inattendue les forcerait à faire demi-tour. En quoi

les mouvements des troupes des Dantso irritaient-ils
Homaer ? Kayo aurait bien voulu le savoir...

∿✺∿

Ce jour-là, Joyün et Kayo se trouvaient sur le pont
de *La Valseuse des ombres,* la plus grande frégate corsaire à
naviguer sur les eaux de l'archipel. Elle devançait une
vingtaine d'autres vaisseaux emplis de pirates sangui-
naires qui ne demandaient qu'à piller, tuer et détruire
pour s'offrir une vie meilleure que celle de la plupart
des habitants qui peuplaient ces terres.

Comme s'il comprenait les pensées de Joyün, Kayo
posa les mains sur le bastingage du navire, scrutant la
mer devant lui. Puis il leva une main et, derrière lui,
son second se mit à hurler des ordres. Rapidement,
les voiles furent ramenées et les navires s'amarrèrent
à couple. Joyün se tourna vers Kayo, intriguée.

– Que se passe-t-il, amiral ?

– Là-bas, madame, ne voyez-vous pas ? demanda-t-il.

Elle regarda au loin. À l'horizon, une mince ligne
noire disparaissait et reparaissait au gré de la houle.

– Ce sont les murs de Loliem ! s'exclama Joyün.

– Lorsque la nuit sera tombée, nous verrons les
lumières de la ville sans courir le risque d'être repé-
rés. Nous pourrons alors nous approcher. Aux pre-
mières lueurs de l'aube, nous tomberons sur ces citadins comme si la colère des dieux les frappait.

Kayo souriait de satisfaction et dame Joyün ne put s'empêcher d'admirer le calme de cet homme. Elle l'avait piégé dans ses combines contre son gré, mais elle savait que Kayo n'était pas dupe, qu'il avait compris qu'elle lui cachait des renseignements. Elle avait toutefois su manœuvrer mieux que Kayo, et celui-ci l'acceptait sans rechigner, remplissant sa part du marché avec honneur. Quelle force il dégageait ! Elle l'interrogea :

— En attendant, amiral, que devons-nous faire ?

— Vous allez revêtir votre plus belle robe et m'accompagner dans ma cabine pour ce qui pourrait être mon dernier repas. Le partager avec une femme aussi belle que vous ne pourra être qu'un excellent augure pour la bataille qui vient.

— Ce sera pour moi le plus grand des plaisirs que de me joindre à vous, Kayo.

Le lendemain, lorsque le soleil se leva au-dessus des murs de Loliem, il ne restait plus que quelques ruines enfumées. Comme l'avait promis l'amiral Kayo, les canons tonnèrent et ouvrirent de larges brèches dans les défenses de la ville. Les pirates avaient déferlé dans les rues étroites de la cité, pillant et saccageant tout sur leur passage. La garde n'avait pas réussi à les contenir dans le port mais avait fermé les portes de la haute ville où les dignitaires et quelques citadins avaient pu se réfugier. Les brigands avaient eu tout le loisir de voler, de boire et de manger.

Ils occupèrent ainsi la cité huit jours et neuf nuits. À l'aube du neuvième jour, ils virent les troupes du général Bikal Dantso, le fils du seigneur Dantso, approcher de la ville. L'alerte fut aussitôt donnée et les malfrats, récalcitrants à laisser derrière eux une telle partie de plaisir, retournèrent à leurs navires. Ils partirent sous les cris de victoire des habitants de Loliem, qui étaient convaincus d'avoir vaincu les pillards. Le général Bikal fut accueilli en héros pour une bataille qu'il n'avait jamais livrée, tandis que dame Joyün et l'amiral Kayo souriaient, célébrant la mission accomplie.

❧

Iv-han survolait littéralement les plaines, faisant faire de grands bonds à son ushanz. « À cette vitesse, se dit-il, je pourrai bientôt atteindre le Temple du Singe. » Au loin se dessinait déjà la forme familière du mont Vinchu, ou montagne du Singe, baptisée ainsi en raison du temple érigé au sommet. Iv-han se surprit à avoir hâte de rentrer. Il y avait déjà près de trois mois qu'il était parti, et la routine du monastère de la vallée l'avait pris à ce point qu'il n'avait pas eu beaucoup de temps pour penser au temple. Tout lui manquait : ses amis, ses maîtres et l'entraînement.

Iv-han ne pouvait s'empêcher de se demander pourquoi le seigneur Homaer voulait attaquer le temple.
Cela lui semblait insensé. L'Art du Singe était apparu
sur l'île de Saï et lui avait permis de se débarrasser des
envahisseurs des deux continents qui tentaient sans
cesse de conquérir l'archipel stratégique. Autrement
dit, si cet étranger d'Homaer avait aujourd'hui des
terres et un titre de noblesse, c'était grâce à ce temple
qu'il s'apprêtait à sacrifier par ambition.

∾∿∾

Maître Ko-Hany était en transe. Il se concentrait
sur le vide qu'il avait en lui, le lien le plus intime avec
l'Un. Il ne fallait pas chercher à l'emplir de broutilles,
puisqu'il aspirait à les faire disparaître. Non, il fallait
plutôt le cultiver et le vénérer. C'était à ce prix que
venait la vraie paix intérieure. Maître Ko-Hany se
centrait donc sur l'infini vide en lui-même, grain de
sable éphémère, mais essentiel.

Des feuilles bruissèrent à sa fenêtre. Du plus
profond de son être, maître Ko-Hany laissa émerger sa conscience graduellement. Il entendit une
rumeur qui s'élevait à l'extérieur. Sentant une in-
sidieuse inquiétude l'envahir, maître Ko-Hany se
décida à reprendre ses activités. Il ouvrit les yeux,
se leva et se dirigea vers la fenêtre. Il scruta l'horizon et, au loin, aperçut un mouvement.

– Lunette, demanda-t-il, allongeant une main derrière lui.

Une longue-vue quitta la bibliothèque pour venir se loger dans sa paume. Il ajusta la vision et scruta de nouveau les montagnes. Il vit un ushanz. Ko-Hany se pencha encore plus en avant, au risque de perdre l'équilibre, cherchant à reconnaître le cavalier.

– Iv-han! Non, c'est impossible!

Il se frotta les yeux et regarda de nouveau. Maître Ko-Hany laissa tomber la lunette, qui arrêta sa chute à quelques centimètres du sol pour ensuite retourner à sa place. Ko-Hany regarda le ciel, les nuages étaient en mouvement. Iv-han n'avait pas pu à lui seul provoquer ces bourrasques. Il se renfrogna et émit un léger grognement:

– Le malheur est en marche, dit-il.

Il soupira et se dirigea vers la porte.

∽⁂∾

Ïo-tan nettoyait une des grandes poutres de la salle de combat. Vihn-han et elle avaient passé d'innombrables heures dans cette salle au cours des dernières semaines. Vihn-han avait fini par comprendre qu'il ne pourrait pas se débarrasser d'elle; ils travaillaient donc en équipe. Ils utilisaient la même bassine d'eau chaude et allaient la remplir à tour de rôle. C'était une méthode beaucoup plus efficace et Ïo-tan était très fière que ce fût son idée.

– Je ne t'ai jamais remerciée pour ton aide, Ïo-tan. Je voulais que tu saches que je te suis reconnaissant, confia Vihn-han.

– Tu n'as pas à le faire Vihn-han, répondit Ïo-tan. Nous avons déjà eu cette discussion : la faute me revient autant qu'à toi.

– Ce n'est pas ce que je voulais dire. Je te remercie de m'avoir pardonné. Toi et Iv-han étiez proches. Tu aurais pu faire n'importe quelle autre tâche, mais tu as choisi de venir m'aider dans ma peine.

Sur ces mots, il s'inclina devant Ïo-tan en joignant ses mains et en fermant les yeux. Puis il se retourna et continua son travail. Ïo-tan répondit :

– J'espère qu'Iv-han va bien et qu'il s'amuse, là où il se trouve. Il a toujours voulu aller vivre dans cette vallée. Il disait que les paysans devaient avoir une belle vie, qu'ils pouvaient s'asseoir dans l'herbe et regarder les nuages passer, qu'ils avaient des chiens et d'autres animaux, une famille... J'espère qu'il a trouvé tout cela.

Ïo-tan plongea sa pierre ponce dans le seau d'eau chaude. Sa main rencontra celle de Vihn-han. Il la regardait, lui souriait. Il murmura en se rapprochant d'elle :

– Moi, je suis heureux de t'avoir trouvée.

Ils entendirent du vacarme venant du corridor sur lequel donnait la porte de la salle de combat. Quelques novices plus jeunes qu'eux couraient en direction de la cour intérieure du temple. Une jeune fille qui reconnut Ïo-tan lui cria :

— Ïo-tan, Iv-han est revenu!

Ïo-tan lâcha sa pierre pour se précipiter à la suite de la messagère. Vihn-han la regarda partir et ramassa leurs affaires: la journée de travail serait assurément finie.

❧

Iv-han avait les murs du temple à portée de vue. L'excitation le gagnait. Déjà, il voyait que ses occupants avaient constaté son arrivée. Une activité fébrile s'empara des remparts, les moines et les novices s'agglutinant pour voir l'arrivée de l'ushanz. Il se souleva de sa monture en faisant de grands signes de la main.

— Ohé! C'est moi!

La nouvelle se répandit comme une traînée de poudre au sein des moines. Maître Pizo-Hany ouvrit la grande porte et, quelques bonds plus tard, on vit l'ushanz d'Iv-han bondir dans la cour du temple. Il mit pied à terre.

— Iv-han, tu désobéis à maître Ko-Hany en revenant ici. Te proclamerais-tu plus sage que lui?

— Non, se défendit Iv-han en s'inclinant devant son maître. Je suis porteur de nouvelles de la plus haute importance.

— Iv-han, que fais-tu ici! s'insurgea maître Ko-Hany qui intervint dans la discussion. Je t'avais interdit de remettre les pieds dans ce temple.

– Maître, je n'avais d'autre choix ! L'armée d...

– Iv-han, il n'en tient toujours qu'à nous de choisir.

Iv-han se tut. Il savait qu'il avait désobéi, mais jamais il n'eût cru que l'accueil eût été si cruel. Il se mit à genoux, tête baissée, en signe de repentir face à son maître. Ko-Hany le fit attendre dans cette position un long moment et, tout autour, les moines observaient en silence, impatients de savoir quelles nouvelles Iv-han apportait. Ce fut Pizo-Hany qui rompit le silence par un toussotement étouffé.

– Très bien, parle ! Qu'as-tu de si grave à nous dire pour mépriser mes instructions ?

– Le seigneur Homaer a décidé d'envoyer son armée attaquer le temple, maître. En voici la preuve : c'est une carte que nous avons trouvée sur cet ushanz.

Maître Ko-Hany prit la carte et la passa à Pizo-Hany. Celui-ci y jeta un coup d'œil et conclut que plus aucun doute n'était permis.

– Iv-han a raison, maître, lança Pizo-Hany. Nous allons être attaqués.

– Faites le nécessaire, Pizo-Hany, dit sombrement Ko-Hany.

Pizo-Hany se tourna vers les moines en leur ordonnant de se préparer. Comme un seul homme, les moines obéirent. Maître Ko-Hany s'approcha d'Iv-han en posant une main sur son épaule :

– Tu ne devais revenir ici sous aucun prétexte, Iv-han.

— Maître, je voulais vous prévenir. Je ne pouvais pas laisser les hommes d'Homaer vous attaquer sans intervenir. Un singe averti en vaut deux et...

— Lequel des commandements de l'Art du Singe est-ce donc là, Iv-han ?

— Euh... Aucun, maître, ce n'est qu'un adage, comme vous dites.

— Ne mêle jamais deux types de sagesse, élève Iv-han. Il y a la sagesse populaire et celle des singes.

Iv-han savait qu'il ne pouvait pas avoir le dernier mot contre son maître. Il ne lui restait plus qu'à se taire. Ko-Hany se tourna alors vers Ïo-tan qui arrivait, plusieurs bâtons à l'épaule.

— Ïo-tan, amène Iv-han à la salle des bains. Qu'il prenne un bain et dorme un peu. Si le seigneur Homaer fomente une attaque, chacun aura besoin de toutes ses forces.

Ïo-tan posa son fardeau et obéit à maître Ko-Hany. Elle s'inclina devant Iv-han et le conduisit à la salle des bains. Iv-han savait que Ko-Hany lui avait fait une faveur en demandant à sa meilleure amie de le réintroduire au temple. Lorsqu'un singe traversait une dure épreuve ou revenait d'un long voyage, la première règle d'hospitalité était de lui préparer un bain chaud et de le masser pour soulager son corps meurtri. Ce rituel de bienvenue était habituellement effectué entre singes du même sexe, mais il n'y avait aucune règle qui interdisait le contraire.

Ils passèrent dans le réfectoire, puis contournèrent les statues des singes pour se retrouver près des piscines. Ïo-tan dit à Iv-han de se préparer, qu'elle allait faire chauffer de l'eau. Il se dévêtit, ne gardant que son sous-vêtement, et plongea dans l'eau froide. L'effet fut immédiat, la fraîcheur de l'eau saisit son corps et éveilla son esprit. Il nagea quelques longueurs et finit par se laisser flotter sur le dos, admirant au plafond les fresques des grands combats que les moines avaient livrés.

Il constata que chaque fois, les moines avaient été appuyés par une force extérieure qui les avait menés à la victoire. « Aujourd'hui, nous sommes vraiment seuls », songea-t-il.

Ïo-tan revint, apportant des victuailles sur un grand plateau. Elle passa un peignoir de bain à Iv-han et l'invita à s'allonger dans une grande baignoire de cuivre. Elle versa l'eau chaude sur les muscles du jeune homme, ce qui lui procura une intense sensation de relaxation. Puis il alla se coucher sur le ventre et Ïo-tan lui fit un massage avec des huiles parfumées.

— Tu nous as manqué, entreprit-elle.

— Vous aussi, ne t'en fais pas pour cela, dit-il.

— C'est comment, dans la vallée ?

— Bien. Les gens travaillent fort pour cultiver le riz, mais la vie est tranquille là-bas.

Ils gardèrent le silence, tandis que Ïo-tan massait un muscle noué d'Iv-han. Il ajouta :

— Et ici, c'était comment ?

– Comme d'habitude. Sauf pour Vihn-han. Il s'en est beaucoup voulu, après que tu a été parti.

– Tant pis pour lui ! dit Iv-han en colère. Il m'a fait perdre une année entière de formation !

– Ce n'est pas uniquement sa faute, Iv-han. Nous l'avons provoqué tous les deux.

– Il s'en est quand même mieux sorti que moi.

– Il n'est pas responsable du jugement de nos maîtres.

Iv-han ouvrit la bouche pour répondre, puis s'arrêta. Il se tourna vers elle :

– Mais qu'est-ce que tu as à le défendre ainsi ?

Ïo-tan rougit.

– Rien, c'est juste que lui et moi en avons beaucoup parlé, c'est tout.

– Oh ! Vous parlez maintenant ! C'eût été bien que vous le fassiez avant. Je ne me serais peut-être pas interposé dans vos enfantillages.

– Je ne t'ai jamais demandé ta protection !

C'en était trop ! Iv-han se leva, prit une serviette et sortit de la salle. Ïo-tan se sentit honteuse. Après tout, Iv-han avait été expulsé du temple un peu par sa faute. Elle tâcha d'interrompre sa fuite.

– Iv-han ! Excuse-moi, je ne voulais pas te blesser. C'est que ça a été très dur pour nous tous lorsque tu es parti. Tu es parmi les meilleurs du temple, et ton entrain et ta détermination ne nous encourageaient plus. Aujourd'hui, tu es revenu, mais tu apportes des nouvelles si terribles...

Iv-han se tourna vers elle, debout dans le corridor.

– Je suis désolé d'apporter de telles nouvelles, mais j'ai cru que je n'avais pas d'autre choix. Moi aussi, j'aurais aimé que nos retrouvailles se passent autrement.

Iv-han continua sa route. Ïo-tan retourna vers le bain encore fumant en essuyant une larme qui ornait sa joue.

⟡

La cime du mont Pinchu s'offrait enfin au regard du seigneur Homaer. Une montagne dont seul le sommet échappait à l'épaisse jungle qui la recouvrait. L'œil perçant d'Homaer étudiait le terrain qui allait devenir un champ de bataille. L'attaque d'une citadelle était toujours un problème de taille, mais prendre une forteresse au sommet d'une montagne gardée par une communauté de moines rompus aux arts martiaux depuis leur plus jeune âge relevait de la folie pour n'importe quel général. Homaer ne voyait qu'une seule option : une attaque massive à dos d'ushanzs.

Cela allait se révéler une erreur tactique très grave. Ses éclaireurs avaient intercepté une jeune scribe qui avait avoué qu'un adepte de l'Art du Singe était allé prévenir les moines de l'attaque à venir. Ils auraient tout le loisir de se préparer, et le prix de cette bataille s'en trouverait décuplé pour les troupes du seigneur.

Homaer calculait qu'il faudrait au moins trois de ses hommes pour tuer un seul moine.

Les pratiquants de l'Art du Singe avaient toujours agi comme médiateurs dans les politiques de l'archipel, faisant en sorte de garder un précieux équilibre des forces entre les maisons seigneuriales. Homaer ne pouvait pas compter sur leur appui dans ce conflit. Il devait donc les éliminer : sans eux, les troupes des Dantso n'oseraient pas un affrontement militaire. La balance du pouvoir sur l'archipel de Saï pencherait en sa faveur.

Homaer appela son aide de camp et entreprit de revêtir son armure. Serrant les courroies, ajustant les bandes, il s'apprêtait à clore six cent cinquante ans d'histoire. Il allait massacrer ceux-là mêmes qui avaient permis à l'archipel de demeurer indépendant tout ce temps. Homaer enfila ses gantelets ornés de rubis, symbole de la famille de son épouse, Joyün, depuis plus de douze générations.

Il sortit de sa tente. Alignées devant lui se trouvaient ses légions. Cinq mille hommes, dont près de mille montés sur des ushanzs. Des hommes de tous les continents venus se mettre à son service comme mercenaires pour faire fortune. Il les avait recrutés et entraînés au cours des ans pour en faire la plus grande armée de l'archipel de Saï. Ses hommes étaient en rangs, lance au poing, prêts au combat. Lorsque les soldats virent apparaître Homaer, ils poussèrent un grand cri de ralliement en frappant leurs lances sur leurs boucliers. Le fracas fut impressionnant. Homaer leva une main gantée pour réclamer le silence.

– Soldats, cria-t-il, une nouvelle ère commence. Aujourd'hui, l'époque de l'incertitude disparaît pour laisser place à un règne de puissance. Trop longtemps, l'archipel a été disputé entre plusieurs seigneurs et, pour cette raison, il n'a jamais pu prendre sa place légitime dans le monde. Divisés, nous sommes vulnérables, mais unis nous pourrons modeler la face de la Terre selon notre volonté !

Les hommes crièrent dans un grand élan de joie. Le seigneur redemanda le silence.

– Nous devrons nous battre. Nous battre contre des hommes que nous avons souvent considérés comme des frères, mais qui n'acceptent pas les changements nécessaires à la survie et à la suprématie de Saï. Les combats à venir seront terribles, mais ils seront historiques. Plusieurs d'entre nous y perdront la vie, mais leur nom restera pour toujours gravé dans la mémoire de cette nouvelle nation. Et pour ceux qui survivront, il y aura gloire et richesse jusqu'à la fin de vos jours !

Une nouvelle fois, une clameur explosa dans la masse des soldats. Ils scandaient le nom de leur seigneur comme un mantra protecteur. « Ho-ma-er ! Ho-ma-er ! Ho-ma-er ! » Lorsque celui-ci enfourcha son ushanz et les salua avec Tamashi, sa grande épée, leur vacarme atteignit son paroxysme. Son fil était si fin qu'on le perdait de vue quand on mettait l'épée à angle droit devant un de ses yeux. On racontait qu'elle était si effilée qu'elle pouvait sectionner les membres d'un homme comme s'ils étaient de beurre, qu'elle traversait avec aise la plus robuste des armures, et que même les pierres fendaient sous son tranchant.

Elle avait été forgée dans la grotte du Saher-dui, le grand volcan de l'île de Saï, par le grand Tusimer. On disait que Tusimer avait un jour reçu la visite d'un vieil homme. Celui-ci avait dans son fourreau une épée si belle que le forgeron pria le vieillard de lui apprendre comment forger une telle arme. Le maître accepta de le prendre comme apprenti. Ils partirent par-delà montagnes et vallées jusque chez le vieil artisan. Chaque jour, Tusimer devait accomplir une nouvelle tâche pour le vieillard. Les travaux étaient harassants, Tusimer avait les mains brûlées par les flammes de la forge, les jambes écorchées par les éclats de lames chauffées au rouge qui jaillissaient de chacun des coups de son marteau sur le métal posé sur l'enclume.

Pendant quinze années, Tusimer suivit les enseignements du vieil homme. Ils traversèrent toutes les contrées de Saï. Il apprit à fondre, à allier et à forger tous les métaux, des plus durs aux plus délicats. Un jour, son maître vint le voir et lui dit que le temps était venu pour lui de partir deux ans et de fabriquer une lame parfaite. Si elle résistait au combat contre l'épée qu'il avait tant admirée lorsqu'ils s'étaient rencontrés pour la première fois, il retrouverait sa liberté et serait dès lors le meilleur forgeron du monde. Si sa création cédait, il allait devoir mourir. Les secrets du maître vieillissant ne pouvaient en effet être légués en héritage à un incompétent.

Tusimer partit donc à la recherche du minerai. Il savait quel métal il voulait utiliser : l'acier brumeux. C'était un alliage naturel rarissime qui ne se trouvait que dans les veines minérales de certains volcans. Il traversa les terres en direction du Saher-dui, le plus ancien volcan de l'île. Chemin faisant, il commença à prier l'esprit du volcan.

Tusimer savait que l'on ne pouvait attirer l'attention d'un dieu avec une simple prière. Il retira sa tunique afin que le soleil lui brûle le dos, et ôta son pantalon afin que les ronces lui lacèrent la peau. Il enleva ses sandales pour que de la corne se forme sous ses pieds. Toujours suppliant, il se mit à tomber volontairement tous les trois pas, jeûnant pendant des jours. Il implorait le Saher-dui de bien vouloir l'accueillir.

Son calvaire dura un an.

Tusimer traversa la jungle humide qui assiégeait le Saher-dui. La peau rongée par les insectes, il grimpa la pente escarpée et brûlante du volcan. Il trouva une grotte, s'y coucha et sombra dans l'inconscience. Ses prières et ses sacrifices ne furent cependant pas vains. Saher-dui, le volcan tout puissant, s'était complu à voir ce mortel, cet être qui ne valait guère mieux qu'un insecte à ses yeux, le supplier et souffrir pour venir jusqu'à lui. L'humilité de la démarche du forgeron lui plut. Il installa une forge dans la grotte et prépara assez de nourriture pour que Tusimer puisse manger pendant toute une année.

À son réveil, Tusimer vit l'esprit du volcan le scruter de son regard perçant. Saher-dui lui proposa une entente. Il pourrait utiliser la forge et ne se soucier que de son travail pendant un an pour forger sa lame. En échange, il devait lui promettre son âme.

— Comment dois-je faire pour vous céder mon âme ? s'enquit Tusimer.

— Si tu faillis à la tâche, je prendrai ton âme et la fondrai dans une lame que j'offrirai à l'esprit de la mort. Si tu réussis, tu viendras en mon royaume et seras le forgeron des dieux pour l'éternité.

Tusimer accepta le défi. Le volcan entra en éruption pour faire couler une langue d'acier brumeux dans la forge. À même la lave du Saher-dui, Tusimer forgea l'épée qu'il appelait déjà « mon âme » : Tamashi.

Le jour vint où Tusimer retrouva son ancien maître. Sur le sommet d'une colline enneigée, ils se toisèrent un moment. Le vieillard dégaina sa lame. Tusimer fit de même. Le vent cessa de souffler, un dernier flocon de neige tomba. Tusimer se mit en travers du chemin de son maître, tenant fermement Tamashi devant lui. Son maître s'avança, admira le travail de son apprenti et, dans un instant terrible, abattit sa lame avec fracas sur Tamashi.

L'épée de Tusimer tint bon. Celle du vieux forgeron céda.

Tusimer regarda son maître. Celui-ci pleurait. Les larmes de ses yeux rougis n'étaient pas celles de la défaite. C'était de joie que le vieillard ne pouvait se contenir. Il s'agenouilla devant son élève et lui embrassa les pieds. Tusimer était désormais le meilleur forgeron du monde.

Ainsi allait la légende.

Homaer donna ses ordres, sépara ses troupes. Les fantassins devaient avancer sur les terres des Dantso afin d'éviter que ceux-ci tentent d'attaquer Songatur, le siège du pouvoir d'Homaer. Les ushanzs, quant à eux, attaqueraient le Temple du Singe de façon qu'aucun ne puisse s'échapper. Laisser un seul moine en vie équivaudrait à avoir à combattre des forces révolutionnaires en quelques années à peine. À son signal, les insectes s'envolèrent de leurs sauts prodigieux.

« Les imbéciles, se dit Homaer, ils ne savent pas à quel terrible ennemi ils auront affaire. »

CHAPITRE IV

Si l'Univers est un, il importe de s'interroger sur la multitude. Si le Tout est en harmonie, comment expliquer les chocs et les guerres, les distances et les incompréhensions ? Une perfection divine ne permettrait jamais de telles contradictions. À l'évidence, le monde est composé de rouages innombrables qui fonctionnent parfois ensemble, mais qui souvent connaissent des conflits. Et ce n'est que de cette façon qu'il peut continuer d'exister. Un grain de sable dans un engrenage idéal détruit l'ensemble ; mais dans un système asymétrique, il n'en détruit qu'une partie.

OUVRAGE SUR L'HYSTÉRIE.
INTRODUCTION À LA PENSÉE MULTIPLE.

Maître Ko-Hany vit Iv-han perché sur un des murs du temple. Il avait l'air pensif et tendu, scrutant l'horizon à l'affût de la bataille annoncée. Ko-Hany s'approcha en silence et se tint quelques pas derrière lui.

– Il est maintenant temps que tu repartes, Iv-han.

Iv-han se retourna, incrédule, à la voix de Ko-Hany.

– Je ne peux pas partir ! Les hommes du seigneur Homaer approchent et la bataille sera féroce. Le temple aura besoin de tous ses moines si nous voulons survivre.

— Je ne crois pas que notre communauté puisse survivre à cette attaque. Pars. Ici, tu ne trouveras que la mort.

— Comme tous mes compagnons ! Vous ne devez pas essayer de me sauver alors que les autres semblent déjà perdus.

— Cela suffit, Iv-han ! Je suis ton maître, et c'est un ordre ! Ton destin n'est pas ici ! Les étoiles n'inscrivent pas la même course pour tous les êtres. Tes compagnons accomplissent le leur en demeurant ici. Toi, tu ne ferais que désobéir à un ordre qui te dépasse.

— C'est injuste, ce serait de la trahison ! Je ne peux pas laisser mes amis se faire massacrer alors que je fuis. C'est impensable ! Je ne peux pas !

— Que tu le puisses ou pas n'est pas la question. Je veux te voir partir d'ici au coucher du soleil, sinon c'est moi que tu devras combattre.

Iv-han fut saisi de stupéfaction. Jamais auparavant Ko-Hany, l'homme qui avait remplacé son père, ne l'avait menacé. Sentant la hargne le gagner, Iv-han fuit en refoulant un sanglot. Il ne comprenait pas pourquoi Ko-Hany s'acharnait sur lui. La situation lui semblait incompréhensible, mais un fait demeurait clair à son esprit : jamais il ne laisserait ses compagnons derrière lui. Jamais.

∽❀∾

Maître Pizo-Hany était tapi dans le feuillage des branches de l'arbre qui l'abritait. Il scrutait l'horizon, impassible. Il attendait la bataille dans un délectable état de relaxation. Lui et près d'une trentaine de moines visualisaient la bataille à venir dans la jungle. Ils se préparaient à bondir sur la cavalerie qui allait arriver. Leurs chances de survie étaient nulles; ils étaient déjà des martyrs. C'était la seule façon d'arriver à affaiblir les troupes du seigneur Homaer. Ils s'étaient tous portés volontaires malgré la survie incertaine du temple. Pizo-Hany avait été le premier à se proposer et ses élèves favoris l'avaient tous suivi.

Cela faisait déjà plusieurs heures qu'ils attendaient dans un grand silence. Ils entendirent enfin la rumeur de l'avancée militaire se dirigeant sur eux. Ce n'était au tout début qu'un vague bourdonnement. Puis le bruit devint de plus en plus palpable. C'était un lent rythme de vrombissements réguliers, comme une gigantesque respiration. Au loin, Pizo-Hany vit la masse des ushanzs assombrir le ciel devant eux. Ils formaient un essaim compact, des centaines de points marbrant l'espace.

Il leva une main, signifiant aux autres moines d'attendre son ordre. Le vrombissement s'amplifia jusqu'à devenir assourdissant. Les premiers ushanzs se posèrent. Ils venaient du ciel, atterrissant çà et là sur les arbres, sur les rochers, dans la rivière. C'était pour mieux rebondir dans un effort violent. Ils reprenaient leur envol et cédaient la place aux suivants. Les moines gardaient le silence, à l'abri de cette averse meurtrière. Quelques régiments de l'armée passèrent ainsi près d'eux sans que rien les arrête. On allait s'occuper d'eux au temple.

Puis Pizo-Hany donna le signal. Alors que des ushanzs repliaient leurs ailes pour atterrir, des fils de fer furent tendus parmi les arbres. Les ailes ou les pattes brisées, les ushanzs ne purent reprendre leur envol. Une deuxième vague de soldats leur tombait déjà dessus.

Le choc fut terrible, les ushanzs bondissants entrant dans d'horribles collisions avec ceux qui se posaient. Les soldats s'empalèrent entre eux. Un troisième régiment fondit sur les deux autres, piétinant à mort ce qu'il restait de survivants. Une tempête de shurikens [2] s'abattit sur eux, sectionnant des doigts et ouvrant des gorges.

Homaer observait la progression de son armée vers le Temple du Singe avec une certaine appréhension. Les moines savaient que les troupes approchaient, mais ils ne pourraient tenir la forteresse très longtemps : ce serait du suicide. Soudain, des centaines de soldats furent tués au milieu des troupes. L'arrière-garde s'effondrait en deux flancs où les soldats tâchaient

---

2. Les *shurikens* sont les fameuses « étoiles de ninjas ». Ce sont des lames de jet qui prennent toutes sortes de formes. Elles sont très appréciées des assassins.

d'éviter de tomber sur les ushanzs et les cavaliers qui se battaient pour leur vie. Une partie de l'armée d'Homaer était stoppée.

Quelques gestes d'Homaer, et des dizaines de messagers partirent livrer ses ordres. L'avant-garde n'avait pas vu qu'elle était séparée du reste des troupes. Les soldats allaient irrémédiablement au massacre si l'arrière-garde ne leur venait pas en renfort. Il saisit alors sa bannière, dégaina Tamashi en ralliant ses sept samouraïs pour bondir au cœur de la bataille.

Maître Pizo-Hany et ses moines fondirent sur leurs ennemis en véritables chorégraphes de la mort, virevoltant d'un groupe à l'autre, retournant leurs armes contre eux. Leur embuscade, le sixième *kata*[3] de l'Art du Gorille, ne faisait pas de quartier. Ils frappaient les tempes avec leurs genoux, enfonçaient leurs poings dans les gorges, cassaient les nuques avec leurs pieds. Les quelques ushanzs qui arrivaient encore atterrissaient dans une masse de chair et de sang. Les moines n'avaient eu qu'à les cueillir.

Le silence se fit. Seul le vrombissement de plus en plus lointain de l'avant-garde signalait encore la présence de l'armée. Des centaines d'hommes étaient morts en quelques minutes. L'armée était décimée. Le sang des soldats et des ushanzs morts ruisselait sur le

---

3. Chorégraphie de mouvements qui simulent un combat. Les *katas* sont principalement utilisés pour enseigner les mouvements des arts martiaux à un groupe d'élèves afin qu'ils soient coordonnés pour éviter de recevoir des coups.

sol rougi et gluant. Ils entendirent une horde de cavaliers qui fonçaient sur eux.

— Voilà le seigneur, hurla Pizo-Hany. Donnez tout ce que vous avez !

Les ushanzs et leurs cavaliers n'eurent pas même le temps de toucher terre. Les moines utilisèrent les arbres comme couvert pour esquiver les attaques et sauter sur les cavaliers, les emprisonnant entre leurs jambes alors qu'ils frappaient les yeux de leurs montures avec leurs bâtons. La confusion des soldats fut si totale que plusieurs d'entre eux eurent la nuque brisée avant qu'ils ne soient en mesure de réagir. Pizo-Hany entendit de nouveau le bourdonnement des ushanzs.

« Ceux-là n'étaient qu'un appât pour nous faire sortir des fourrés », comprit-il, trop tard.

Homaer et sa garde personnelle, ses sept samouraïs, atterrirent au milieu de la mêlée. Leurs ushanzs écrasèrent de leurs pattes les moines et les soldats qui se trouvaient là. Les samouraïs attaquèrent avec leurs longues lances, transperçant les bras et les ventres d'une dizaine d'autres élèves de maître Pizo-Hany. Celui-ci se lança dans la mêlée en faisant tournoyer son bâton et s'abattit sur Homaer en évitant sa lance, tentant de lui fracasser la nuque de son arme. Homaer bloqua l'attaque à l'aide de son gantelet.

Homaer repoussa Pizo-Hany et tenta de l'estoquer avec sa lance. Pizo-Hany esquiva au dernier moment en sautant à un arbre. Homaer et sa monture bondirent vers lui. Homaer dégaina Tamashi. Les orteils de Pizo-Hany avaient à peine touché une branche que le seigneur la coupa d'un geste sec.

Pizo-Hany tomba, mais put s'agripper à une branche inférieure, qu'il utilisa pour se propulser vers un autre arbre.

« Il veut me faire perdre mon temps ! Pourquoi ne m'attaque-t-il pas ? » se dit Pizo-Hany.

Il regarda autour de lui pour vérifier l'état de ses élèves. La situation était catastrophique. Plusieurs des plus expérimentés étaient morts lors de l'arrivée de la garde, et les survivants peinaient à protéger les plus jeunes, car les samouraïs étaient de féroces guerriers, leurs *katanas*[4] semant la mort parmi les moines. Les armures des soldats les protégeaient des coups ; aussi, seuls les moines qui maîtrisaient leur *ki*[5] pouvaient les transpercer. Ses élèves perdaient la bataille. Il aperçut une branche de laquelle il pourrait se projeter pour voler au secours de ses compagnons. Il allait s'y appuyer lorsqu'une lame fila le long de sa jambe, coupant la branche sous ses pieds. Homaer le poursuivait toujours. Pizo-Hany tomba au sol et roula sur le côté pour éviter que les pattes de l'ushanz d'Homaer ne fassent de sa tête une bouillie.

---

4. Sabre long des samouraïs.
5. Souffle spirituel et énergie vitale de tous les êtres vivants. Le *ki* est utilisé en arts martiaux pour briser des planches ou blesser son adversaire. C'est un concept oriental qui n'a pas d'équivalent ni de traduction en Occident.

Il se releva en quelques sauts périlleux en esquivant la lame d'Homaer. Il bondit en tournoyant sur lui-même, voulant porter un coup de talon à la tempe d'Homaer. Celui-ci fit cabrer son ushanz pour parer l'attaque de Pizo-Hany. Ce dernier fracassa le cou de l'insecte.

Homaer se jeta par terre en gardant son adversaire à distance avec Tamashi. Pizo-Hany voulut en profiter pour bondir à la rescousse de ses élèves, mais Homaer tenta de planter son arme dans un pied du maître. Pizo-Hany esquiva en levant le pied vers son genou opposé. En le redescendant, il frappa Tamashi de toutes ses forces, l'arrachant des mains d'Homaer. Il toisa le seigneur, qui recula, une main sur son *wakizashi*[6]. « Il n'a plus que sa petite lame. J'ai l'avantage », se dit Pizo-Hany.

Il fit un tour sur lui-même et tenta de faucher les jambes d'Homaer. Celui-ci bondit au-dessus de la manœuvre de Pizo-Hany et tenta de lui trancher la gorge en dégainant son *wakizashi*. Pizo-Hany se laissa choir sur le dos et asséna de ses pieds un coup dans le dos d'Homaer, ce qui l'envoya rouler au sol. Homaer se releva ; le coup l'avait ébranlé, mais sa solide armure l'avait protégé de toute blessure.

Homaer prit un sifflet qui pendait à son cou et y souffla de toutes ses forces. Pizo-Hany l'attaqua en

6. Sabre court des samouraïs.

pénétrant dans sa garde pour lui infliger une avalanche de coups de poing. Homaer était un redoutable combattant; il ne pouvait prendre l'avantage sur Pizo-Hany avec une lame aussi courte, mais sa défense était parfaite. Pizo-Hany entendit soudain un ushanz arriver.

« Il a appelé du renfort! » ragea-t-il intérieurement. Il se jeta sur le côté pour éviter la lance du samouraï qui fonçait sur lui.

Pizo-Hany devait mettre Homaer hors de combat le plus vite possible. Les soldats ne résistaient jamais longtemps face à des moines entraînés, mais le petit nombre de ces derniers ne faisait pas le poids devant la marée humaine sous les ordres du seigneur. Lentement, l'étau se resserrait. S'il parvenait à se débarrasser d'Homaer, le temple pourrait encore remporter la bataille. Pizo-Hany agrippa les pattes de la bête et les utilisa comme point d'appui pour se lancer sur le cavalier. Celui-ci ne vit rien venir et il tomba à la renverse. Pizo-Hany assomma alors d'un coup de poing à la nuque l'ushanz qui tomba, inconscient, sur le soldat.

Les moines redoublèrent d'ardeur. Ils brisaient les bras des soldats en utilisant leur corps comme leviers, fracassaient leurs crânes à coups de poing une fois qu'ils étaient au sol. L'armée d'Homaer s'était réorganisée: d'autres hommes venaient! Déjà, dans le ciel, on pouvait apercevoir les nuées menaçantes de hordes d'ushanzs approchant. Ils n'avaient plus le temps de fuir, la retraite leur était coupée de toutes parts. Pizo-Hany cria de toutes ses forces :

— À la mort, mes frères ! Donnons au destin une bonne leçon !

À ces mots, les moines surent qu'ils étaient perdus, quoi qu'ils fissent. Ils hurlèrent leur rage d'avoir été floués par des forces qui les dépassaient, serrèrent les dents pour se battre jusqu'à leur dernier souffle.

Pizo-Hany se retourna pour affronter Homaer. Il eut à peine le temps de lui faire face que la lame de ce dernier lui déchirait le ventre. Il vit avec horreur qu'Homaer ne lui avait pas ouvert les entrailles avec son *wakizashi,* mais avec la longue lame de Tamashi. « Il l'a récupérée », se dit Pizo-Hany en se tenant le ventre. Il leva un regard plein de haine vers Homaer. Celui-ci leva un pied et écrasa sa botte dans le visage de Pizo-Hany, qui sombra dans les limbes sombres de l'inconscience.

❧

Maître Ko-Hany observait la bataille de la plus haute tour du temple. Homaer avait réussi à réorganiser son armée à temps. Ko-Hany eut alors un soupir : il ne pouvait plus qu'attendre la première vague. Il se tourna vers le grand brasero derrière lui et souffla sur ses mains jointes. Une gerbe de flammes courut sur le bois sec avant qu'il ne s'allume en une grande flamme de laquelle s'échappait une épaisse fumée. Il prit son bâton et, en quelques bonds, rejoignit la muraille du temple.

L'armée arriva aux murs du temple. Les ushanzs n'auraient aucun problème à franchir cet obstacle grâce à leurs sauts titanesques. Alors qu'ils approchaient, les moines projetèrent des centaines de bâtons dans les airs. Des ushanzs en perdirent leurs ailes, des cavaliers furent désarçonnés, les autres foncèrent, lances devant, vers les murs. L'impact fut terrible et la bataille fit rage. Les moines s'élancèrent dans l'affrontement avec une énergie que seule la certitude de la mort peut donner. Des soldats d'Homaer tombaient, mais leur nombre allait toujours croissant.

Homaer et les quatre derniers samouraïs de sa garde rapprochée ayant survécu au combat contre les singes de Pizo-Hany repartirent avec de nouveaux ushanzs à l'assaut des murs du temple. Homaer se pressait, voyant des centaines de ses hommes périr sous les puissants coups des moines. Il toucha enfin la muraille. Avec Tamashi, Homaer trancha trois moines en deux, tandis que les samouraïs en embrochaient d'autres sur leurs lames. Les moines ne pouvaient rien contre le fil de Tamashi, lié au talent d'un aussi bon épéiste. Un autre samouraï tomba au combat, mais ce fut au prix de plusieurs vies de moines. Bientôt, un grand cercle de morts s'étendit autour d'Homaer. Dans la poussière du combat, ce dernier vit quelques silhouettes s'approcher de lui.

Maître Ko-Hany apparut alors que la poussière soulevée par la bataille fut soufflée par une bourrasque. Il était accompagné des maîtres Joundun-Hany, Naïa-Tany et Kiju-Hany, tous armés et prêts à livrer bataille, leurs visages fermés laissant transparaître une détermination froide et mortelle. Les samouraïs les défièrent du regard, raffermissant leur poigne sur le manche de leur épée.

— Pourquoi viens-tu semer la destruction chez nous ? s'enquit Ko-Hany.

— L'archipel ne sera plus jamais le même, Ko-Hany. Tes moines ne pourront plus assurer l'équilibre des forces politiques. La seule loi qui soit désormais légitime est la mienne.

— Ne connais-tu pas mieux que quiconque les puissances qui convoitent cet archipel ?

— Ne me prends pas pour un idiot, Ko-Hany. Je suis le mieux placé pour connaître les intérêts politiques qui envient la position stratégique de nos îles. Mon astrologue est formel : mon destin sera décidé par l'issue de cette bataille.

— Ton devin est aveuglé par l'or et les promesses que tu lui as faites. Il n'y a pas de gloire pour toi en cette vie. Même si tu remportes la victoire ici, tu seras trahi par le plus grand de tes alliés. Voilà ce que les astres révèlent, pas les fantaisies mercantiles de ton bouffon !

Insultés, Homaer et ses guerriers se ruèrent sur les maîtres de l'Art du Singe. Les *katanas* réfléchissaient la lumière rougeoyante des dernières heures du jour. Les coups fusaient. Bientôt, les moines se dispersèrent en faisant de grands bonds, pourchassés par les cavaliers sur leurs ushanzs, échangeant des coups même dans les airs. Seuls maître Ko-Hany et Homaer restèrent au centre de la cour du temple. Homaer sur son ushanz, Ko-Hany agrippant son bâton à multiples segments.

Homaer chargea Ko-Hany, qui était prêt à parer l'attaque. Tournoyant sur lui-même à une vitesse déconcertante, il fouetta son adversaire de son bâton. L'offensive meurtrière passa sous le corps de l'ushanz avant de remonter en claquant pour lui pulvériser le crâne. Surpris, Homaer se projeta dans les airs afin d'éviter d'être écrasé par le corps de sa monture qui s'effondrait et plongea, Tamashi devant, sur Ko-Hany. Celui-ci para le coup de son arme, mais elle fut scindée en deux par le tranchant de l'épée légendaire.

« Impossible de bloquer Tamashi, elle tranchera tout ce que je mettrai sur sa trajectoire, pensa maître Ko-Hany. Je dois la lui arracher, sinon c'en est fait de moi. »

Homaer ne lui donna cependant pas le luxe d'une réflexion plus longue. Il avançait vers Ko-Hany en faisant tournoyer sa lame dans tous les sens. Ko-Hany esquivait les coups, mais ne trouvait pas de brèche assez grande pour pouvoir répliquer efficacement. Aucun des contacts qu'il pouvait se permettre n'avait la puissance nécessaire pour pénétrer l'armure que portait Homaer. Il fallait frapper un coup qui ne pardonnerait pas.

Maître Ko-Hany se défit de la présence écrasante de son ennemi par quelques roulés-boulés en arrière. Homaer en resta bouche bée. Les deux adversaires se jaugèrent un instant. Ko-Hany savait qu'il avait l'avantage. Homaer était peut-être plus jeune, mais il ne vivait pas l'existence d'ascète que Ko-Hany s'était imposée depuis son plus jeune âge. De plus, son armure était imposante et il n'avait cessé de se porter à l'attaque. Ses épaules se soulevaient; il cherchait son souffle.

✧

Iv-han n'était pas parti. Il s'était caché dans une crevasse aux abords du temple d'où il pouvait observer la bataille sans être vu. L'horreur envahissait son cœur. Les moines se battaient avec courage, mais le surnombre des soldats conférait un avantage dévastateur à l'armée d'Homaer. Seuls les cercles des moines les plus expérimentés survivaient, protégeant tant bien que mal les résistants des cercles inférieurs. Les soldats payaient aussi en vies humaines leur invasion. Pour chaque moine qui tombait au combat, trois, quatre voire cinq soldats mouraient.

Bientôt les moines retraitèrent vers les murailles intérieures du temple tandis que les soldats réorganisaient leur attaque. Le soleil disparaissait derrière les montagnes. Les soldats se positionnèrent : ils allaient passer de nouveau à l'attaque. Les moines, déjà, se cramponnaient à leurs bâtons, prêts à les recevoir. Les soldats chargèrent. Leurs cris retentirent sur les murs du temple alors qu'ils plongeaient parmi les moines. Ceux-ci combattirent avec l'énergie du désespoir, mais le poids des ushanzs et le nombre des soldats étaient impossibles à vaincre. Déjà, leurs rangs étaient décimés, ouvrant de larges brèches par lesquelles s'engouffraient les troupes ennemies.

Iv-han savait qu'il aurait dû quitter le temple depuis longtemps. Il s'était juré de ne jamais abandonner ses amis, mais avait aussi promis de ne jamais désobéir à son maître Ko-Hany. Un singe ne devait pas transgresser les ordres de ses supérieurs, il devait être un guerrier discipliné pour la protection de tout son clan. Il avait tourné le dos plusieurs fois à la bataille, marchant quelques pas pour s'en éloigner et ainsi se soumettre à l'ordre de son maître, mais chaque fois il était revenu. Ces moines qui combattaient étaient sa seule famille, ses uniques amis. Il n'arrivait pas à les quitter de la sorte.

Iv-han s'intéressa aux combats qui se déroulaient. Les moines guerroyaient férocement, repoussant sur deux fronts les soldats qui les pressaient vers l'intérieur. Iv-han observa avec plus d'attention.

— Par tous les singes ! Mais ce sont Ïo-tan et Vihn-han qui se battent avec les élèves de quatrième année !

Iv-han vit alors avec angoisse la défense du flanc ouest céder : Ïo-tan et Vihn-han se retrouvèrent encerclés, privés du support des novices de quatrième, qui tentaient tant bien que mal de leur venir en aide. Iv-han n'y tint plus. Il plongea de son rempart sur un, deux, puis trois rochers pour atterrir sur le crâne d'un samouraï qui levait son sabre pour frapper Ïo-tan.

— Iv-han ! Qu'est-ce que tu fais là ?

— Plus tard, Ïo-tan ! se contenta-t-il de répondre.

༄

Maître Ko-Hany se porta à l'attaque. Il s'élança, agile et rapide, sur son adversaire. Homaer tenta de l'estoquer, mais déjà Ko-Hany courait sur sa lame pour lui asséner un coup de pied qui bossela son casque. Homaer tourna sur lui-même, manœuvrant sa lame dans tous les sens. Lorsqu'il fut de nouveau sur ses pieds, il chercha Ko-Hany du regard. Ne le voyant point, il comprit que le maître singe ne pourrait surgir que d'un endroit... Il eut à peine le temps de se protéger avec les mains que Ko-Hany le foudroyait de ses jambes en plongeant sur lui. Le choc fut si puissant que son heaume roula sur le sol.

Homaer se releva à grand-peine. Maître Ko-Hany était déjà en position d'attaque. Il chargea Homaer en effectuant une série de vrilles. Encore ébranlé, Homaer tenta néanmoins de le trancher en abattant

Tamashi sur lui. Ko-Hany atterrit, genou droit au sol, et fit claquer ses mains au-dessus de sa tête. Ahuri, Homaer vit sa lame coincée entre les paumes de son adversaire. Ko-Hany la fit voler haut dans les airs, puis envoya un doigt dans un œil de son ennemi. Homaer esquiva trop tard : l'ongle de Ko-Hany lui déchira la cornée.

Homaer hurla de douleur, levant ses mains au ciel. Ses gantelets furent parcourus d'une onde électrique. Ko-Hany s'élança pour le coup fatal, mais il s'arrêta en plein mouvement, découvrant avec horreur qu'une lame lui avait traversé le torse.

Tamashi ! Les gants d'Homaer étaient chauffés au rouge : c'était la deuxième fois, ce jour-là, qu'il rappelait ainsi sa lame. Ses mains étaient brûlées par l'acier magique. Homaer se releva. Maître Ko-Hany, lui, s'effondra au sol.

∽❦∾

Iv-han usait de toute sa puissance pour pulvériser ses adversaires. Il brisait des jambes, cassait des nez, projetait ses ennemis les uns sur les autres. Les morts se multipliaient sous l'effet de sa hargne et de sa maîtrise de l'Art du Singe. Ses compagnons étaient épuisés. Ïo-tan était en danger. Quatre soldats l'encerclaient. Iv-han se jeta contre celui qui allait frapper et cria à Ïo-tan :

– Fuyez ! C'est fini, par tous les dieux ! Toi et Vihn-han, fuyez pendant que je les retiens !

Vihn-han agrippa Ïo-tan par un bras et ils s'enfuirent du temple pour se soustraire à la portée des soldats. Ces derniers matraquèrent Iv-han de coups de sabre. Il esquiva une première lame et sauta sur une seconde, puis désarma un troisième samouraï d'un coup de pied. Il mit son autre pied sur l'épaule du soldat et s'apprêtait à s'enfuir lui aussi. Trop tard. Le premier samouraï avait prévu son mouvement et Iv-han vit avec horreur une lame foncer sur sa gorge.

CHAPITRE V

Jao l'immortel regarda la porte du
royaume des morts et dit :
— Destin, ton jugement injuste fait en sorte que je me trouve
aujourd'hui devant des portes que jamais je n'aurais dû apercevoir.
Les portes s'ouvrirent et le Destin s'avança vers lui.
Il le regarda et lentement dit :
— Qui es-tu pour contester ma volonté ? Ne sais-tu pas que chaque être
a son destin propre, et que c'est le mien que de voir à ce qu'il
s'accomplisse ? Que cela te plaise ou non, immortel.

L'ÉPREUVE DE SATURNE. CHRONIQUE DES IMMORTELS.

Iv-han vit son propre corps inarticulé s'effondrer à ses pieds. Il regarda les trois derniers samouraïs apprécier sa chute, fatigués par le combat, avant de reprendre le carnage. Iv-han n'en crut pas ses yeux et demeura un long moment abasourdi de se voir là, par terre, la tête à quelques pas de ses épaules. Son sang s'écoulait par pulsations de son corps parcouru de spasmes, mais il ne sentait rien ; il était déjà trépassé. Il détourna son regard du corps inerte pour constater ce qui se passait autour de lui.

Le monde avait changé. Il n'y avait ni vent ni bruit, le soleil ne chauffait plus sa peau, et il ne faisait ni clair ni sombre. Une affreuse neutralité semblait avoir accaparé l'Univers. Lui-même s'était transformé. Alors que les vivants autour de lui étaient éclatants de couleurs, lui ne subsistait plus qu'en une palette de gris plus ou moins nuancés. Il n'entendait que de manière diffuse les conversations entre les soldats et devait se concentrer pour être en mesure de comprendre leurs paroles.

« Par tous les dieux ! comprit Iv-han. Je suis mort ! »

Il fut atterré par cette constatation. Il se savait désemparé, mais ne pouvait pourtant pleurer, étranger qu'il était à ses propres émotions. Surgit un vague regret, celui de ne plus pouvoir revoir ses amis, ses maîtres et Yoko.

« Yoko... »

Il leva les yeux et découvrit le carnage. Partout autour de lui, les corps amoncelés semblaient contempler les cieux. Il suivit leur regard. Une large rivière s'était dessinée dans le firmament, blanche et infinie à l'horizon. Ce fleuve prenait sa source là, dans ces montagnes meurtrières, et était constitué de centaines d'âmes qui, ayant trouvé la mort dans cette terrible bataille, allaient se perdre dans le cycle des réincarnations, emportées par le cours irrésistible qui actionnait la roue du destin. Iv-han n'avait jamais vu un tel spectacle. Toutes ces âmes translucides quittaient ces corps et s'élevaient vers l'affluent alors que les victimes rendaient leur dernier souffle.

Puis le fleuve se tarit jusqu'à n'être plus qu'une simple ligne blanchâtre à l'horizon. Iv-han réalisa alors qu'il n'était pas parti, que le courant s'était dissipé sans qu'il puisse s'y joindre. Depuis plusieurs heures – des jours peut-être – il se trouvait là, et jamais la lumière n'avait changé.

Iv-han regarda partout autour de lui. Personne. Son esprit était confus : pourquoi son âme n'avait-elle pas suivi les autres ? Iv-han avait du mal à comprendre. Il ne connaissait que peu de choses des rouages divins selon les textes sacrés, et du chemin que devaient prendre les âmes pour se réincarner. Une force aurait dû le diriger, mais au contraire, il semblait jouir d'une liberté infinie. Iv-han pensa aux consignes que lui avait données son maître Ko-Hany de partir avant la bataille. Il comprit que sa désobéissance avait des conséquences plus tragiques qu'il ne l'eût cru. Iv-han ne sachant pas où aller, il attendit, hantant le temple désert.

◈

Après son attaque décisive contre le temple et avoir vérifié qu'il n'y avait plus de survivants parmi les moines, Homaer et ce qui restait de sa cavalerie d'ushanzs étaient partis rejoindre la légion de fantassins menée par le général Tanozun aux abords des terres des Dantso.

En voyant revenir Homaer, les troupes de Tanozun poussèrent un grand cri de joie. Homaer avait
remporté la victoire sur des maîtres des arts martiaux
du plus haut calibre. Leur allégresse fit vite place à
la consternation. Tant de cavaliers étaient morts au
cours de cet assaut que l'immense cavalerie ushanz
d'Homaer en était réduite à un simple bataillon.

Homaer sentit l'enthousiasme de ses troupes se
refroidir. Il prit la parole.

– Nous revoilà, braves soldats. Voyez ! Voyez les
héros qui reviennent du front le plus terrible, le plus
meurtrier que cette île ait jamais connu. Des moines
bondissant sur les murs, brisant les lances et même les
lames. La bataille des batailles, un affrontement his-
torique. Le nom de ceux qui y sont morts a maintenant sa place parmi ceux des grands guerriers de tous
les temps.

Les hommes lancèrent un « Hou-ha » senti en
frappant leurs boucliers de leurs lances. Ils n'oublie-
raient pas la gloire de leurs camarades tombés au
champ d'honneur. Homaer reprit.

– Le travail n'est pas fini. Les Dantso veulent ma
mort et l'exil de tous les étrangers sur l'île. Ils exigent
que vous partiez. Cette île, c'est mon île ! Ma ville,
c'est moi qui l'ai construite ! Jamais je ne les laisserai
la prendre. Jamais !

Les troupes crièrent trois « Hou-ha ». Ils étaient
pour la plupart des mercenaires, des étrangers venus

du continent pour profiter de la richesse commerciale
de l'archipel. Ils y avaient refait leur vie et ne voulaient pas être déracinés à nouveau. Homaer dit:

— Dame Joyün a convaincu les pirates de Saïnon de
nous venir en aide. Ils ont pris Loliem, mais le général
Bikal l'a libérée. Il ne soupçonne pas notre présence
ici. Nous allons donc bouger de nuit, dans le silence
et l'obscurité, pour le surprendre dans Loliem. Là, les
provisions ayant été pillées par les pirates, nous n'aurons qu'à assiéger la ville et attendre. Ils ne pourront
pas pêcher; les pirates gardant les côtes.

Un murmure de contentement parcourut les troupes. Quel plan! Ils savaient tous qu'Homaer était un
stratège de génie et ils en goûtaient toute la subtilité.
Homaer regarda ses hommes d'un air satisfait. La
gloire, l'argent et l'assurance d'être infaillible: voilà
tout ce qui était nécessaire pour que ses braves soldats
retrouvent leurs regards de tueurs. Il se saisit de Tamashi, la dégaina, encore souillée du sang des moines,
et cria:

— À la victoire!

∽✿∾

Iv-han resta là pendant un moment. Le temps semblait s'écouler sans que cela l'affecte. Il ne connaissait
plus l'ennui. Il pouvait rester debout à ne rien faire
pendant des heures sans penser. Il n'était dérangé que

par quelques souvenirs évoqués par la vision des corps qui gisaient sur le champ de bataille. Il aperçut soudain celui de maître Ko-Hany. Il s'était vidé de son sang et des larves y avaient fait leur nid, se nourrissant à même les chairs. Cela fit prendre conscience à Iv-han du temps qui passait.

Il leva les yeux et vit au loin un point qui n'y était pas auparavant. Cette nouvelle vision n'évoqua en lui ni peur ni crainte : il était déjà mort. Il observa donc ce point grossir de plus en plus jusqu'à devenir une silhouette. Elle continuait de marcher en sa direction. Un long moment passa, mais cet instant sembla se dérouler en un éclair aux yeux d'Iv-han. Il vit celui qui s'approchait. C'était un homme d'âge mûr, au crâne chauve et aux moustaches pendantes. Il était vêtu d'un kimono de marche et tenait un bâton dans sa main droite. Jamais il ne détourna son regard du visage d'Iv-han. On pouvait y lire un mélange d'affection et de tristesse, de fierté et de déception. Curieusement, Iv-han eut l'impression que cet homme lui était familier, mais il lui fut impossible de se rappeler où il avait pu le rencontrer précédemment. Le visiteur arriva à sa hauteur. Ils se regardèrent, s'étudièrent.

L'homme prit la parole.

— Pourquoi n'as-tu pas écouté ton maître, Iv-han ? demanda-t-il.

— Je ne pouvais laisser mes amis courir au massacre sans moi.

— N'y a-t-il pas un commandement dans l'Art du Singe qui dit que l'obéissance aux maîtres est nécessaire à la survie d'une communauté ?

— Oui, le troisième. Mais il ne faut pas oublier le quatorzième, qui dit : « Un singe seul n'est rien. Il sera la proie des Tigres et des Serpents, même s'il est agile et fort. Il sera toutefois d'autant plus redoutable s'il se trouve avec ses compagnons. Voilà pourquoi le singe se doit d'être fidèle à ceux qu'il considère comme ses alliés, car seules leurs forces combinées lui permettront de surmonter les pires obstacles. »

L'homme sourit, un peu surpris par la repartie. Iv-han le regardait d'un air de défi, attendant que celui qui tentait de lui faire la morale se présente. Ils se jaugèrent encore un instant et, dans le regard de l'homme, Iv-han vit de nouveau de la tendresse. Il en fut intrigué, mais n'en toucha mot. Le vieil homme reprit.

— Ce n'était pas ton destin de mourir ici, contrairement à tes amis. Les plans célestes avaient d'autres visées pour toi, mais tu n'as pas obéi. C'est pourquoi tu es toujours ici alors qu'eux sont déjà en route vers d'autres vies.

Iv-han écouta en silence. Il avait déjà compris que désobéir à son maître était un acte qui pouvait avoir d'étranges répercussions. Ignorer les règles du destin relevait d'un autre degré de délinquance. Cela n'augurait rien de bon.

— Que dois-je faire maintenant ?

— Me suivre. Il faut te choisir un corps dans lequel te réincarner. Nous n'avons plus beaucoup de temps.

— Mais qui êtes-vous ?

— Je suis ton père, Iv-han. Tu es le fils que j'ai dû confier à Ko-Hany lorsque tu avais six ans. Je suis Surat-Kany, grand maître de l'Art du Singe. Pendant des générations, mon père et mes ancêtres ont préparé avec soin ton arrivée. Elle est écrite dans l'encre scintillante des étoiles et est connue des prophètes. Mais toi, tu as choisi de nous défier. J'ai abandonné mes fonctions divines pour réparer le tort que tu as causé.

Iv-han était bouche bée. Son père ! Jamais il n'avait cru possible de le revoir, et voilà qu'il se trouvait devant lui.

— Pourquoi ne vous êtes-vous pas réincarné, père ? Avez-vous trahi votre destin aussi ?

— Devenir un grand maître de l'Art du Singe n'est pas qu'un exploit physique. Il s'agit d'une discipline spirituelle par laquelle il faut savoir élever son âme au-delà des règles qui régissent la mort. Tu seras peut-être heureux de savoir que maître Ko-Hany n'a pas disparu dans la roue du destin, mais qu'il se trouve désormais parmi nous.

— Quel est mon destin, père ?

— Je ne le sais pas.

— Mais vous dites qu'il était écrit dans les étoiles, que les prophètes l'annonçaient, et vous ne pouvez pas me renseigner ?

– Connaître un destin avant son accomplissement est un fait paradoxal. Tout destin ne s'actualise qu'en se réalisant. Le connaître à l'avance le modifie donc, puisqu'il est su, et ce simple fait rend impossible la survenue de l'inconnu.

– ...

– Nous devons partir maintenant, Iv-han.

– Où devons-nous aller ?

– Tu dois te réincarner en te souvenant de ta vie, Iv-han. L'Art du Singe semble disparu de l'île ; toi seul en préserves le secret. Pour accomplir ce que nos ancêtres ont souhaité, tu devais connaître cet art martial. On ne peut permettre que tu l'oublies, il n'y a pas de risques à prendre.

Surat-Kany poursuivit.

– T'es-tu déjà demandé pourquoi tu portes le même prénom que le fondateur de notre art, Iv-han ?

– Non, répondit Iv-han. Que des gens portent le même prénom est un fait courant.

Surat-Kany sourit.

– Tu as raison, dit-il. Cependant, j'ai choisi celui-là pour une raison particulière. Vois-tu, Iv-Haniko, le fondateur de l'Art du Singe, a eu une existence singulière. Pendant des années, il a perfectionné son art. Alors que la plupart des hommes se lassent de tâches sans fin, lui persévérait dans sa volonté de faire de tous des êtres libres. Les arts martiaux étaient sa réponse – une réponse révolutionnaire – au désarmement qu'imposaient les maîtres.

Iv-han connaissait l'histoire de cette époque où ses semblables étaient les esclaves des habitants des continents. Elle remontait à l'Antiquité, mais son spectre avait toujours plané sur les traditions des siens. Surat-Kany reprit.

— Iv-Haniko fut le premier à comprendre ce que signifie la nature absolue de l'Un. S'il est parfait, son royaume se trouve dans la perfection. Par conséquent, la meilleure façon de s'approcher de l'Un pour un mortel est de se perfectionner. Iv-Haniko pensait qu'il lui serait impossible, dans le court temps d'une vie humaine, de perfectionner tous les aspects de son être. Il en choisit donc un, et ce fut l'Art du Singe. Il tenta de créer un art parfait pour trouver l'Un. Il s'éleva si haut dans son art qu'il comprit ce qui le rendait lui-même imparfait. Ce qui rend un être unique, ce n'est pas son ego, sa personnalité, ses goûts, ses souvenirs ou ses différences. Non, c'est son âme. Immortelle, elle est donc unique. L'ego ne peut survivre parce qu'il ne peut supporter son insignifiance. Plutôt que d'embrasser l'unicité, il préfère se distinguer. Si l'âme fait partie de l'Un, l'ego veut être l'Un. Chose impossible. Lorsqu'un homme meurt, son ego, ou son esprit, ne peut pas accepter que sa vie soit terminée, qu'elle n'ait été qu'un grain de sable parmi des milliards d'autres grains de sable. Il préfère se vautrer dans ses souvenirs et ses émotions, pour se convaincre de l'importance de son existence. Pour que le cycle des réincarnations s'accomplisse, ses souvenirs doivent rester derrière lui.

Iv-han savait que, vivant, il aurait été impressionné par de telles divulgations. Jamais il n'avait entendu cette partie de la légende d'Iv-Haniko. Ce devait être un secret gardé par les maîtres de l'Art du Singe, et seuls quelques sages à travers le monde devaient en connaître les détails. Son père continua :

— Devant cette révélation, Iv-Haniko médita longuement sur sa condition. Il prit conscience que sa vie n'était rien dans le grand ordre universel. Le jour de sa mort, il l'accepta, et à partir de ce moment, il sut se réincarner en se souvenant de tous les détails de sa vie antérieure. Sa compréhension des rouages célestes lui permit de dominer l'ordre habituel des réincarnations, qui porte une âme du royaume animal vers celui de l'humanité. Il vécut ainsi des dizaines de vies ; il fut homme et femme, loup et oiseau, roi et servant. Il acquit tant de connaissances que tous le vénèrent depuis comme un grand sage.

Sa renommée devint si grande que les dieux eurent peur de lui. En se réincarnant ainsi, il risquait de s'élever au rang des immortels. Les dieux conspirèrent donc pour diviser son âme et la disperser aux quatre coins de l'île afin de s'assurer de sa disparition. L'un d'eux, on n'a jamais su lequel, n'était pas en accord avec ses pairs. Il prévint Iv-Haniko de ce qui se passait. Celui-ci rassembla ses plus grands fidèles et leur demanda de diffuser ses enseignements à tous ceux qui voudraient les connaître. S'il réussissait à transmettre assez de ce qu'il était au peuple de Saï, Iv-Haniko promit qu'un jour il reviendrait pour accomplir ce que les dieux lui refusaient : devenir un immortel.

— Et ainsi est née la communauté du Singe, termina Iv-han.

— Oui, reprit Surat-Kany. Pendant des siècles, les moines de l'Art du Singe ont préparé son retour.

Surat-Kany prit une pause et regarda Iv-han au plus profond de son âme.

— Rien n'est certain, Iv-han, mais des signes révèlent que tu as peut-être la même âme qu'Iv-Haniko...

Iv-han ne réagit pas. Il ne ressentait toujours rien. Il était une réincarnation spirituelle d'un de ses ancêtres qui avait réussi à déjouer les plans des divinités célestes qui voulaient mettre fin à son existence. La simple perspective que cela puisse se produire ne lui avait jamais même effleuré l'esprit.

— Plusieurs dieux redoutent la réalisation de la prophétie te concernant. Certains tenteront de profiter de ta mort prématurée pour que tu t'oublies dans ton labyrinthe et pour empêcher ainsi l'actualisation de tes desseins. Il faut partir Iv-han, il faut les déjouer. Viens maintenant.

Iv-han et Surat-Kany quittèrent le temple. La marche n'était ni plus rapide ni plus lente que lorsqu'il était vivant, mais il ne ressentait pas la fatigue, ses pieds ne le faisaient pas souffrir et il ne connaissait ni la faim ni la soif. Ils dévalèrent le mont Pinchu et traversèrent la forêt. Si, au départ, Iv-han portait une attention particulière à éviter les arbres et les rochers, il se rendit vite compte que cela lui était inutile. Son corps éthéré traversait les obstacles physiques aussi facilement que les rayons du soleil franchissent le verre.

Seuls les êtres vivants étaient sensibles à son passage, frissonnant à son contact qui leur glaçait le sang. Ils parcoururent ainsi les vallées et les villages, ne s'arrêtant jamais. Ils s'orientaient sur le mince filet qui s'étirait dans le firmament comme un long trait de craie, là où était passé auparavant le fleuve des âmes des trépassés. Quelquefois, on pouvait y voir des âmes le joindre, mais jamais il ne prenait l'ampleur du cours d'âmes qu'avait pu admirer Iv-han après la bataille.

⁓ ♦ ⁓

Homaer regardait apparaître devant lui les murs de Loliem, la plus grande ville de la seigneurie des Dantso, deuxième en importance sur l'île, après Songatur. Il prit une longue inspiration ; il pouvait déjà ressentir l'exaltation de sa victoire. Lorsque le général Bikal apprit que les troupes d'Homaer étaient aux portes de Loliem, il était trop tard : Homaer avait exécuté ses manœuvres militaires avec la précision et la minutie d'un artiste. Toutes les voies de ravitaillement du général Bikal étaient bloquées, le port était paralysé, sa ville, pillée. Il ne restait plus à Homaer qu'à attendre que le désespoir mine le moral des effectifs des Dantso. Le fruit serait alors assez mûr pour être cueilli.

Homaer bondissait de bataillon en bataillon sur son ushanz. Il donnait des ordres, établissait des stratégies avec ses commandants et s'assurait que tous les détails de son entreprise soient réglés. Il retourna enfin à sa tente pour y retrouver le général Tanozun. Si Homaer était un stratège de renom, la réputation de Tanozun pour mener des hommes au combat le plaçait sur le même pied aux yeux des soldats.

Homaer atterrit et laissa la bride de sa monture à son palefrenier avant de se diriger vers sa tente. Il enleva son casque en secouant la tête pour libérer sa longue chevelure blonde. Un messager vint à sa rencontre lui porter une missive qu'il ouvrit en marchant. Il poussa le pan de l'entrée de son petit pavillon en poursuivant sa lecture et dit :

— Faites-moi un rapport, Tanozun. Où en sommes-nous dans la préparation de la bataille ?

— J'ai bien peur que Tanozun ne soit pas ici, chéri.

Homaer se retourna.

— Joyün !

Il s'élança pour la soulever dans ses bras avant de l'embrasser.

— Oh toi ! Ma merveilleuse, ma fantastique épouse ! Te rends-tu compte, Joyün, de ce que nous avons accompli ? Loliem est le dernier obstacle sur notre route. Bientôt, nous serons rois et maîtres de la plaque tournante du commerce mondial !

Pour toute réponse, Joyün sourit, embrassa Homaer en le regardant intensément dans les yeux et en lui susurrant un « je sais » à peine audible. Elle le fit asseoir sur sa couche en se tenant à son cou.

– Je suis bête. Tu arrives d'un long voyage, tu dois être exténuée, lui dit Homaer. Peut-être as-tu faim ? Laisse-moi faire venir un serviteur.

– Non, dit-elle en appuyant une paume sur le torse d'Homaer pour qu'il s'étende. Tu m'as manqué. Je veux être avec toi quelques minutes. Rien que nous.

Homaer retira ses gantelets et passa une main dans les cheveux de Joyün. Ils s'embrassèrent et se cajolèrent.

– Je t'aime, dit Joyün.

– Je t'aime, répéta Homaer.

– Je veux un enfant de toi, dit Joyün en déliant les sangles de l'armure de son mari.

❧

Iv-han et Surat-Kany marchèrent des jours, qui devinrent semaines. Iv-han observa longtemps l'homme qui l'accompagnait, ce père qu'il avait si peu connu. C'était un guerrier grand et fort, le crâne dégarni et les traits sévères. Il devait être un moine au caractère dur, impitoyable. Il ne souriait pas, ne bronchait jamais, paraissait toujours en parfait contrôle de ce qu'il pensait et disait. D'ailleurs, il ne parlait à peu près pas. En fait, depuis leur première conversation, il n'avait plus adressé un mot à son fils. Pourtant, Iv-han pouvait lire dans les yeux de son père qu'il vivait plus d'émotions encore que lui-même. Cela ne semblait pas même effleurer l'esprit de Surat-Kany, qui semblait se contenter de marcher droit devant lui. Iv-han décida enfin de prendre la parole.

— Où allons-nous, père ?

Surat-Kany sembla surpris de la question. Il réfléchit un instant et dit :

— À la porte qui nous mènera au royaume des morts. L'entrée des âmes se trouve au sommet du volcan de Tyr.

— Nous y arriverons bientôt, alors.

— Oui, dans quelques jours.

Iv-han prit le temps d'apprécier cette réponse. Il s'enhardit et poursuivit sa route.

— Comment dois-je faire pour me réincarner ?

— Il faut d'abord que tu te dissolves, Iv-han. Ton corps a péri, mais ton âme et ton ego sont encore prisonniers de ton enveloppe astrale, cet ectoplasme qui te porte sur cette Terre. Pour t'en débarrasser, il te faudra franchir la porte du royaume des morts. Ceux qui ne se dirigent pas spontanément vers le puits des réincarnations deviennent des fantômes. Sais-tu ce que signifie être un fantôme, Iv-han ?

– J'ai bien peur que non.

– Un fantôme est un trépassé tourmenté, tordu par des émotions amplifiées par ses remords et son refus de mourir.

– Oui, mais pour le moment, je ne ressens presque rien. Mes émotions se sont éteintes avec mon corps. Je ne suis même pas triste d'être mort.

– C'est encore récent. Tu n'éprouves que peu de choses, contrairement à moi qui vis dans cet état depuis longtemps. Il faut savoir dominer ses émotions lorsqu'on est mort, parce que celles-ci sont le plus grand danger qui nous guette.

– Pourquoi cela, père ?

– Les sensations corporelles sont puissantes parce qu'elles servent à préserver l'intégrité physique de celui qui les vit. Les émotions sont beaucoup plus subtiles. Elles se manifestent discrètement telle une brise, mais s'amplifient. Il est rare qu'un fantôme se plaigne de sa souffrance dans les premiers instants après son trépas. Il hante un lieu ; il y demeure, car c'est l'endroit qui permet à son âme de connaître ses dernières émotions, et encore, cela est si peu. Les années passent, et ce qui n'était qu'une brise au tréfonds de l'âme grandit doucement comme un vent, puis une tempête qui envahit tous les recoins de son être. Les souvenirs remontent à la surface de la conscience, et le spectre souffre de ce qui lui est refusé : la vie ! Ainsi le temps passe et l'angoisse d'une

existence d'errance solitaire prend le dessus. Le fantôme devient alors aigri, il en veut aux dieux de lui
avoir refusé son repos, son retour parmi les hommes,
la réincarnation. Peu à peu, le fiel coule en lui jusqu'à
l'envahir complètement. Il devient un démon.

Iv-han déglutit à cette idée. Il pensa aux regrets
qu'il avait ressentis en songeant à Yoko et fut pris d'un
frisson, le premier depuis sa mort. Il observa Surat-
Kany, qui le regardait aussi. Ils se scrutèrent longuement, les yeux dans les yeux, jaugeant leur âme. Le regard de Surat-Kany était pur et vrai, honnête. Iv-han
se demanda alors ce que l'on pouvait bien discerner
dans le sien.

Ils poursuivirent leur chemin au même rythme. Le
monde des vivants, tout autour, avait une teinte grise,
pâle et distante. Il n'avait que peu d'intérêt. L'impossi-
bilité d'agir sur son environnement rendait ce dernier
fade et insipide, s'y intéresser aurait relevé de l'exploit.
Ils marchèrent donc sur l'eau des rizières, à travers les
forêts de bambou, gravirent les collines et descendirent
dans les vallées. Surat-Kany, pour une fois, reprit la
conversation où ils l'avaient laissée quelques jours plus
tôt, comme si un simple instant s'était écoulé depuis.

– Nous ferons en sorte d'éviter que tu deviennes
l'une de ces abominations, Iv-han. Pour cela, tu devras suivre mes instructions à la lettre. Plusieurs dangers te menacent, et si tu n'y prends garde, tu pourrais
te perdre dans les méandres de ton propre labyrinthe.

– De quel labyrinthe parles-tu ? demanda Iv-han.

– Les épreuves qui attendent un esprit sont bien différentes de celles que doit affronter un être de chair et de sang. Le premier danger qui te guette se trouve dans tes propres sentiments, ceux qui sont bien enfouis en toi. Je ne parle pas de ceux que tu as pu vivre de temps à autre, mais de ceux qui ont forgé ton ego, ta personnalité. Ils ont laissé des empreintes indélébiles dans ton esprit, telle une marque au fer rouge sur la peau. Ceux-là peuvent te faire courir à ta perte. Tu ne dois pas leur céder, sinon tu en resteras prisonnier.

– Oui père.

– Tu dois aussi éviter de tomber dans l'oubli de toi-même. S'oublier, c'est se priver d'exister, c'est tomber dans le néant de l'existence. Nombre de défunts restent dans le royaume des morts, contemplant le vide, convaincus que leur vie est finie, que rien ne peut leur survivre, pas même leur âme. Ils ne sont plus que l'ombre de leur ego, s'attachant à quelques vagues souvenirs, essayant en vain d'en raviver d'autres, immobiles, perdus dans leur propre abîme, oubliés d'eux-mêmes, scrutant le désert de l'éternité. Pour toujours.

Surat-Kany regarda Iv-han d'un air grave pour lui faire comprendre toute l'importance du moment. Il ne jouait plus sa vie, mais son existence, son âme et la destinée que des générations avant lui avaient tâché de bâtir. Cette insistance de sa part n'était cependant pas nécessaire. Les difficultés qu'Iv-han avait affrontées jusque-là, il les avait combattues grâce à ses poings, son entraînement, sa fougue. Il savait néanmoins qu'au royaume des morts il ne lui restait plus que sa détermination.

— Iv-han, dit Surat-Kany. Tu dois aussi savoir que l'ordre divin est dirigé par cinq dragons célestes. L'un d'eux, Seimei-Shi, a pour tâche de s'assurer que chaque trépassé se perd dans le labyrinthe de son âme, qui peut prendre plusieurs formes. Attends-toi à le trouver sur ta route.

❧

Les semaines suivantes, le plan d'Homaer fut mis en place. Accompagné de Joyün, qui gérait le siège avec lui, il coupa toutes les voies de ravitaillement de Loliem et bloqua l'avancée de toute armée voulant venir en aide au général Bikal. Il s'assura de connaître tous les mouvements de son ennemi, d'éliminer ses éclaireurs et de tenir assez longtemps pour le forcer à épuiser ses maigres réserves. Le siège semblait sans faille et Homaer pouvait croire que son effet se ferait sentir.

La bataille, cependant, n'était pas gagnée. Si sa cavalerie d'ushanzs avait encore été entière, Homaer aurait pu sauter par-dessus les fortifications de la ville et neutraliser la cavalerie de frelons armés des Dantso. Normalement, Homaer n'aurait jamais craint une telle option, mais l'attaque contre le Temple du Singe lui avait coûté cher en hommes et en ushanzs. Trop cher.

Les ushanzs qui lui restaient ne pouvaient plus qu'affronter la cavalerie de frelons armés des Dantso, tâche essentielle à la victoire. De son côté, le général Bikal n'avait qu'une seule avenue possible, et c'était de risquer une sortie pour tenter de miner les forces d'Homaer. Les troupes des Dantso étaient constituées de guerriers féroces et, si le vent de la bataille tournait à son avantage, le général Bikal pourrait briser le siège d'Homaer. Dans cette éventualité, les finances d'Homaer ne pourraient soutenir une guerre de longue haleine, et les possibilités de sa défaite militaire s'en trouvaient multipliées.

Encore fallait-il que ce plan lui vienne à l'esprit, car les hommes plongés dans l'adversité perdent souvent de vue certaines solutions. Surtout qu'un affrontement direct n'était assurément pas un choix privilégié par le général Bikal, selon Homaer. Sa réputation de fin stratège sur le champ de bataille était connue de tous, tandis que Bikal avait celle d'être un bon administrateur, mais n'était qu'un piètre guerrier. Puis Homaer pouvait compter sur une armée de vétérans. Même si la plupart étaient des mercenaires, ses soldats lui étaient loyaux, à lui qui leur avait apporté fortune dans l'archipel de Saï. Surtout, le temps jouait en la faveur d'Homaer. Les semaines s'écoulaient et il savait que le général

Bikal n'avait plus beaucoup de temps s'il voulait tenter de briser le siège. Envoyer des troupes affamées se battre contre des soldats bien nourris serait du suicide. La pression devait se faire sentir dans les murs de Loliem. Homaer ne voulait toutefois pas laisser l'initiative au général Bikal. C'est Joyün qui lui apporta la solution.

— Pourquoi n'essayons-nous pas de parlementer ? suggéra-t-elle.

— Allons, Joyün, dit Homaer, tu sais bien que les Dantso se battront jusqu'à la mort pour protéger leur ville.

— Tout dépend de ce que nous leur offrirons, Homaer. Le rapport à la mort, ici, n'est pas le même que chez toi. Dans ton pays, les gens acceptent de mourir dans la gloire du combat parce qu'ils croient qu'ils vivront ensuite l'immortalité dans des félicités éternelles. Ici, les gens sont persuadés qu'ils devront se réincarner, mais comme ils ne savent pas dans quelle condition ils se trouveront, ils chérissent leur existence.

Homaer décida de donner une chance à Joyün. Après tout, elle était originaire de Saï, et ses conseils avaient toujours été judicieux jusqu'ici. Joyün envoya donc un messager en direction de Loliem. Il revint le lendemain avec la réponse du général Bikal, qui acceptait de négocier à mi-chemin entre le camp d'Homaer et les murs de la ville.

– Il est rusé, dit Homaer à Joyün. Il veut profiter de notre offre pour faire sortir son armée hors des murs. Il sera en bien meilleure position pour nous attaquer. Es-tu certaine que ce soit une bonne idée ? Je peux faire sonner l'attaque maintenant.

– Non, Homaer, fais-moi confiance. Je connais les gens de Saï.

– D'accord. J'espère que tu sais ce que tu fais.

– T'ai-je déjà déçu ?

Le lendemain, comme convenu avec Bikal, les portes de la ville furent ouvertes pour laisser sortir les troupes des Dantso. Plutôt que de les attaquer, les hommes d'Homaer regardèrent le spectacle, mécontents de perdre un si bel avantage. Une petite équipée de trois cavaliers montés sur des frelons armés se détacha des troupes pour se diriger vers celles d'Homaer.

– Le voilà, dit Homaer à Joyün. Allons à sa rencontre.

Homaer et Joyün partirent en bondissant sur leurs ushanzs. Le général Bikal et ses gardes du corps avaient atteint le centre de la plaine qui s'étendait devant Loliem. Ils furent rejoints par Homaer et Joyün. Bikal était un jeune homme raffiné né dans la noblesse politique de l'île de Saï. Étant le fils du seigneur Dantso, il prit la parole.

– Homaer, je n'ai que du mépris pour vous. Non seulement vous attaquez à ma famille, mais j'ai appris que vous avez massacré les moines du Temple du Singe, un des joyaux de notre île. Vous êtes un étranger et un barbare. Je n'ai que faire de vos propositions de paix !

– Vous êtes le dernier obstacle sur ma route, répondit Homaer. L'île de Saï sera réunifiée sous ma bannière, que cela vous plaise ou non, Bikal. Il n'en tient qu'à vous de déclarer forfait si vous voulez que les vôtres demeurent en vie.

– Comment pourrais-je avoir la moindre confiance en vous ? Vous massacrez des moines pacifiques sans justification.

– Est-ce une raison pour envoyer vos hommes à la mort ? demanda Homaer. Je ne peux plus reculer, et les autres seigneurs n'ont pas les ressources pour vous venir en aide. Ils attendent de voir qui l'emportera pour être dans les bonnes grâces du vainqueur. Vous savez que vous courez à votre perte en vous opposant à moi. J'ai livré des dizaines de batailles dans ma vie, alors que vous n'avez vaincu qu'une bande de pirates qui faisaient diversion et que votre flotte n'a toujours pas réussi à éliminer.

Dame Joyün était en retrait et écoutait avec calme la conversation, qui ne prenait toutefois pas la tournure qu'elle aurait désirée. Pendant que le général Bikal et Homaer tentaient de s'intimider, Joyün, en tant que maîtresse de l'Art subtil, les observait.

Le général Bikal était encore très jeune pour ses fonctions. La mort prématurée de son père l'avait placé au premier rang politique et militaire, et s'il s'en était sorti avec brio jusqu'à aujourd'hui, c'est qu'il n'avait jamais eu à gérer une crise. La facilité avec laquelle il était tombé dans le piège d'Homaer trahissait son inexpérience de la guerre. Ce n'était pas un guerrier. Il savait se battre, mais n'avait pas cette soif de sang que Joyün percevait si souvent dans le regard d'Homaer.

Elle remarqua les cernes de Bikal, ses traits tirés par la fatigue, son armure sale d'avoir été portée trop longtemps. À son poignet, elle vit un mouchoir de soie fine qui dépassait de son gantelet. Ce petit carré de soie était traditionnellement offert par les promises à leur fiancé en temps de guerre pour qu'il s'assure de rester en vie afin de revenir se marier. De nombreux contes parlaient de soldats qui, une fois la bataille perdue, avaient présenté ce mouchoir à leurs adversaires pour qu'il les laisse aller rejoindre leur bien-aimée.

La négociation entre le général Bikal et Homaer allait de mal en pis. Les hommes en étaient pratiquement venus aux poings. Joyün intervint.

— Général Bikal, dit-elle. Vous devez vous rendre. La vie de vos hommes en dépend.

— Je n'ai rien à faire de vos conseils, traîtresse ! Vous marier à un étranger pour sa fortune. Voyez le mal que vos ambitions ont provoqué.

Joyün fusilla Bikal d'un regard assassin. Ce dernier réfléchit : « Cet imbécile d'Homaer ne veut rien entendre. Il n'est venu que pour me donner une dernière chance de me rendre et d'épargner des vies, pas pour négocier d'égal à égal. Toujours aussi vulgaire. Joyün, quant à elle, reste une fille de Saï malgré tout. J'ai donc plus de chances avec elle. »

Homaer voulut intervenir, mais Joyün lui fit signe de se taire. C'était désormais à elle de mener les négociations.

Le général Bikal reprit le premier.

– Donnez-moi une seule raison de ne pas vous exécuter immédiatement.

– J'aimerais voir vos futurs enfants, lança Joyün.

Le général Bikal fut décontenancé par cette réponse. Instinctivement, il porta la main au mouchoir de sa fiancée. Joyün avait visé juste.

– Qu'est-ce que ça signifie ?

– Bikal, nous nous connaissons depuis notre enfance. Nos familles se sont toujours fréquentées. Vous savez que je ne veux pas la guerre, mais que nous sommes trop individualistes. Divisés comme nous le sommes, il ne se passera que peu de temps avant qu'une des nations du continent nous envahisse. Vous savez que la seule façon de nous unir est de couronner un souverain.

– Vous rendez-vous compte de ce que vous dites ? Vous avez massacré des hommes et des femmes qui vouaient leur vie à cette île, qui la protégeaient et qui n'hésitaient jamais à intervenir pour aider leur prochain. Une tradition vieille de six cent cinquante ans. Vous avez détruit cela, Joyün. Vous êtes responsable de ce carnage.

Joyün encaissa le coup. Elle s'attendait à ce reproche, mais entendre la vérité n'est jamais une chose facile.

— Bikal, dit-elle, ce qui est fait est fait. Les singes ont fait leur choix, maintenant, c'est à vous de choisir. Les voies de ravitaillement sont bloquées, les renforts ont déjà été repoussés par nos forces, vous n'avez aucune chance.

— À quoi jouez-vous, Joyün? Vous savez que je ne céderai jamais la ville de mes ancêtres à un homme aussi vil qu'Homaer.

— Ne comprenez-vous pas que nous allons donner l'assaut et que vous, vos hommes et ceux que vous aimez serez tous morts avant demain matin? C'est votre dernier jour, Bikal, c'est moi qui ai proposé cet ultimatum. Si vous refusez, c'est sans issue.

Joyün avait dit cette dernière phrase avec calme, mais la tristesse était perceptible dans sa voix. Elle savait ce dont Homaer était capable. Elle capta le regard du général Bikal et l'interrogea:

— Un autre massacre est-il nécessaire, Bikal? Pensez donc à elle, dit Joyün en pointant le mouchoir de soie. Pensez à vous.

Bikal resta silencieux. Il avisa les troupes d'Homaer déployées sur tous les fronts. Des légions d'hommes de tous les pays assemblées en une terrible armée. Des centaines d'ushanzs montés, des machines de guerre... Peu importait l'issue des combats, les pertes humaines se compteraient en milliers de soldats et de civils.

— Qu'est-ce que vous proposez? demanda-t-il à dame Joyün.

Elle venait de gagner la guerre.

❦

Iv-han et Surat-Kany atteignirent la vallée où se dressait le volcan de Tyr. Il s'agissait de terres fertiles et luxuriantes où poussait facilement le riz. Un petit village bordé par une rivière qui coulait au creux du vallon élevait ses toits arrondis vers le ciel dans un nuage de fumée expirée par les foyers. Pour la première fois depuis le début du voyage, Iv-han vit Surat-Kany s'arrêter. Il se tourna vers Iv-han, un mince sourire dessiné sur les lèvres :

— Tu comprendras ici toute l'influence que peuvent avoir les vivants sur l'existence des morts.

Les habitants du petit village de Tyr connaissaient bien la mort. Ils n'étaient pas les plus avancés au monde en fait de technologie, mais ils avaient étudié les voies spirituelles. Plusieurs scribes et prêtres savaient parler aux esprits des trépassés et reconnaître les signes de leur présence. Surtout, ils connaissaient le code et ses protocoles, ces protocoles institués par l'Un qui régissaient les rapports entre vivants et immortels. Tyr était un village sacré où ces préceptes étaient enseignés, mais aussi un haut lieu diploma-tique entre les deux mondes.

La frontière séparant le royaume des morts de ce-lui des vivants était fine en cet endroit de l'île de Saï, et ce n'était un secret pour personne que la porte les reliant s'y trouvait. Depuis des siècles, les nobles de l'île y étaient inhumés. La tradition mystique du vil-lage de Tyr était connue pour rendre la mort plus pai-sible. Leur science spirituelle était inégalée.

— Iv-han, dit Surat-Kany juste avant de traver-ser l'enceinte du village, nous entrons dans un lieu très spécial pour les morts. Les habitants maîtrisent les rituels permettant de s'adresser aux esprits des morts avec une rare perfection. Par respect, ils entre-tiennent des rites pour mieux nous accueillir. Ici, les morts revivent. Prépare-toi à un choc.

Sur ces mots, Surat-Kany traversa le mur de pierre qui se trouvait devant lui, et Iv-han lui emboîta le pas. Dès qu'ils l'eurent franchi, et même s'ils ne res-piraient plus, une puissante odeur de fleurs et de pat-chouli envahit leurs sens. Partout dans le hameau, on faisait brûler de l'encens. Une forte émotion se saisit d'Iv-han. C'était la première fois qu'il retrouvait son odorat depuis sa mort. Il était partagé entre la nostal-gie de sa vie disparue et l'exaltation de cette impres-sion de vivre à nouveau. Il comprit pourquoi on lui avait enseigné à faire cette offrande lorsqu'il était vi-vant. Il huma ensuite la douce et délicieuse odeur du riz vert. Surat-Kany aperçut le grand bol de riz placé au pied d'un trône où siégeait un éléphant couronné de fleurs, s'en approcha et plongea ses mains dans le riz translucide.

— Admire les offrandes des habitants de Tyr, dit Surat-Kany en souriant.

Iv-han tira du bol de riz offert aux morts deux poignées de céréales fumantes. Il les porta à sa bouche : il pouvait manger de ce plat sacrificiel ! Jamais il n'avait goûté un riz aussi délectable ! Ces offrandes étaient un véritable baume sur l'existence monotone des trépassés. Il regarda autour de lui et s'aperçut qu'ils n'étaient pas seuls. Au sein des vivants circulaient de très nombreux fantômes conduisant des affaires et négociant entre eux. Surat-Kany regardait Iv-han se délecter et ajouta :

— Je t'ai dit déjà que tu devais te débarrasser de ton ectoplasme pour parvenir à te réincarner, mais tu ne dois le faire qu'à la porte des morts, au sommet du volcan. Tu devras t'y jeter. Si tu perds ton enveloppe avant, ton âme se dissipera dans tous ces êtres vivants qui nous entourent. Il faut des siècles de culture pour faire grandir une âme humaine, et si tu perds ton enveloppe, c'en est fait du plan de nos ancêtres. Les autres fantômes peuvent déchirer ta membrane de leurs coups, Iv-han. Même ici, l'Art du Singe te sera utile.

Un fantôme les aperçut. Il traversa la foule et vint à eux.

– Voilà des lustres que nous ne t'avions pas vu par ici, Surat-Kany. Que se passe-t-il pour que tu aies quitté les hautes sphères divines pour te retrouver ici-bas parmi les mortels ?

– Honorable Du-Chin, quel plaisir que de te revoir. Laisse-moi te présenter Iv-han, mon fils mort il y a quelques semaines. Iv-han, voici le seigneur Du-Chin, le maître de la communauté des morts de Tyr.

Iv-han salua leur hôte à la façon des singes, ce qui fit sourire Du-Chin. Il lui rendit son salut par une légère flexion du dos.

– Je vois que ton fils a suivi tes traces, Surat-Kany. Dis-moi, comment se fait-il que tu l'accompagnes depuis plusieurs semaines vers la porte du royaume des morts ? N'est-il pas surprenant qu'il n'ait pas joint le fleuve des âmes pour se réincarner comme les règles de notre céleste empire le prescrivent ? Il apparaît évident qu'il n'a pas atteint la sagesse nécessaire pour échapper à la roue des réincarnations.

– Tu dis vrai, Du-Chin, mais le Ministère a admis une exception.

– Est-ce que cette dérogation n'aurait pas à voir avec le fait que son père soit un important fonctionnaire du pouvoir divin ? Je sais que tu es haut placé et que tu as beaucoup d'influence sur les cas de réincarnation, Surat-Kany.

– Je n'ai pas choisi de retenir l'attention des autorités. Le Ministère a jugé qu'Iv-han devait faire l'objet d'une exception ; il est normal que je m'occupe de l'affaire.

Le seigneur Du-Chin fut choqué de l'insolence de Surat-Kany. Chacun soutint le regard de l'autre avec intensité. L'atmosphère était si lourde qu'Iv-han se demanda combien de temps lui-même allait tenir. D'autres fantômes s'approchèrent et les encerclèrent. Iv-han s'en aperçut, mais par respect pour Surat-Kany, il évita de montrer son embarras. Le cercle se refermait de plus en plus, et Surat-Kany n'avait pas encore bougé. La boucle se ferma, et Iv-han pensa agir, mais un léger mouvement du pied de son père le retint de tenter quoi que ce fût. Du coin de l'œil, Iv-han vit la main spectrale de Du-Chin s'approcher de son épaule...

— Je suis désolé, Surat-Kany, mes ordres sont formels. Iv-han ne peut franchir la barrière du gouffre.

La main fantomatique se referma sur l'épaule d'Iv-han, mais pour le plus bref des instants. Après une légère pression, elle se retira. Surat-Kany avait attrapé la main de Du-Chin d'une clé de bras qui projeta le seigneur de Tyr loin dans les airs. Surat-Kany continua son mouvement vers un autre adversaire en se jetant vers l'avant et lui foudroya le torse de ses deux paumes ouvertes, l'envoyant valser à travers rues et maisons. Une large brèche s'était ouverte dans le cercle formé par les fantômes.

Surat-Kany hurla :

— Va-t'en, Iv-han ! Fuis vers la montagne et jette-
toi dans le feu du volcan !

— Poursuivez-le ! renchérit aussitôt Du-Chin.

Iv-han fila sans hésitation. Il s'élança, sautant de
rocher en rocher comme il l'eût fait de son vivant. Des
poursuivants le prirent en chasse, exécutant d'immenses bonds. Iv-han s'efforça de sauter plus vite,
plus loin. Il aperçut derrière lui Surat-Kany qui se
battait contre des hordes de fantômes, les retenant
pour qu'ils ne puissent traquer son fils.

Dans ses efforts pour allonger ses sauts, Iv-han se
rendit compte qu'il était en mesure de s'élancer sur
de très longues distances. Il comprit alors que si son
corps lui avait imposé des limites, son esprit qui en
était désormais libéré ne connaissait plus d'entraves.
C'est parce qu'il s'était permis de croire qu'il était
possible de faire de plus grands sauts qu'il réussissait
à les faire avec une incroyable habileté.

Déjà, ses tourmenteurs le rattrapaient, mais réalisant qu'il ne s'agissait pas de guerriers, il s'arrêta le
premier avec un coup de pied tourné qui le propulsa
sur le flanc du volcan. Il appuya son autre pied contre
l'épaule d'un poursuivant et s'élança avec une force
prodigieuse le catapultant plus haut sur les parois de
lave durcie.

Iv-han sema les fantômes en cours de route
vers la cime du volcan. Au sommet, une fumée âcre
s'élevait du cratère, et Iv-han, dans un ultime effort,

s'y jeta sans même regarder. Dans le cratère se profilait une large vasque d'où s'élevaient des volutes de
fumée sulfureuses. Iv-han les traversa et vit soudain
un lac de lave effervescente qui s'étendait au-dessous
de lui. Il ferma les yeux, espérant de toute son âme
que cette suite d'événements n'était pas qu'une gros-
sière erreur.

CHAPITRE VI

LE ROI : *Mon fils ne sera pas ma perte ! Qu'on l'envoie dans les mines du Sankor et qu'on lui fasse oublier ses origines.*
LE CONSEILLER : *Je crains que cela ne soit suffisant, ô mon seigneur.*
LE ROI : *Pourquoi donc ?*
LE CONSEILLER : *Ce serait oublier que l'enfant a connu le sein de sa mère. Il tentera toujours de la retrouver et de l'aimer, même s'il est convaincu qu'elle est morte...*

ŒPIDES.

THÉÂTRE ANCIEN, AUTEUR ANONYME.

Iv-han toucha le magma. Son ectoplasme réagit au souffle brûlant de la lave. La sensation n'était pas douloureuse, mais Iv-han sentait qu'il perdait son ectoplasme, ce mince épiderme qui existait encore entre son âme et son existence physique. Des membres entiers se détachaient de lui, et il en ressentait la perte aussi franchement que si on les lui avait arrachés, la souffrance en moins.

Il avait tout perdu. Il n'entendait plus, ne voyait plus. Plongé au centre d'un large puits de noirceur, il n'était plus rien, et pourtant sa conscience existait toujours. Il se trouvait non pas au cœur des ténèbres,

mais bien dans un néant. Il se savait là. La certitude
en était si forte que, malgré son état immatériel, Iv-
han ne s'était jamais senti aussi assuré du fondement
de son être dans le cosmos.

Son enveloppe s'était consumée, mais Iv-han commença à se souvenir de celui qu'il avait été. Ses émotions remontaient à la surface de sa conscience. Son ego
n'était plus contenu dans un corps éthéré, il pouvait
prendre toute l'expansion qui lui était nécessaire. Ce
retour de ses émotions fut un soulagement.

Iv-han trouva extraordinaire de se savoir exister
encore malgré sa mort, de ne plus douter de ce qu'il
était. Cette vérité lui apparut comme une révélation,
un éclair de pure rationalité. Autant il se sentait petit,
un grain de sable sans corps, autant il se savait désormais indestructible, obstiné à exister.

Iv-han médita là un moment, désincarné, im-
mobile dans ces limbes. Il se sentait revenir en lui-
même, se remémorer des événements qui avaient été
oubliés depuis longtemps. Ce plongeon dura quelque
temps, le faisant passer par des sensations subtiles
et diaphanes. Les souvenirs terrestres étaient encore
présents à son esprit, mais ils ne lui importaient que
peu. Plus il scrutait profondément en lui, plus il sentait que ces impressions n'étaient guères importantes,
qu'il se trouvait en lui une réalité plus essentielle.

Il se rappela de nouveau les paroles de Surat-Kany à
propos de ces souvenirs qui marquent l'âme tel un fer

incandescent sur la peau. Il commençait à en percevoir les cicatrices. La sensation, tel un vertige, montait en douceur, mais l'envahissait de plus en plus. Iv-han ne pouvait la restreindre à un seul aspect de son être. Elle prenait une place définitive, grandiose, et s'insinuait dans toutes les dimensions de son âme. Il consentit à se laisser dériver dans ce vertige impossible à ignorer, impossible à éviter.

Une lumière apparut. Elle était tamisée par un filtre épais qui lui donnait une teinte rougeâtre. Il en éprouva une grande chaleur. Il était submergé par une tendresse réconfortante. Il faisait là une tiédeur si agréable que la pensée même de la quitter ne pouvait lui effleurer l'esprit. Une main douce et aimante semblait couvrir son dos tout entier, un lent mouvement d'avant en arrière le berçait et il buvait un liquide délicieux. Une voix murmurait à son oreille la plus rassurante des berceuses. Jamais de sa vie Iv-han n'avait connu une telle sécurité. Sa tête était appuyée contre la poitrine de sa mère, Kukiko, sentant la peau douce et ferme de son sein s'écraser sur sa joue. Le sommeil le gagnait doucement, il flottait dans un état de béatitude. Iv-han se sentait si bien qu'il était infiniment heureux en cet instant privilégié.

La voix de Kukiko chuchotait des mélodies à son oreille. Elle lui disait qu'elle l'aimait de tout son cœur,

qu'elle vivait un grand bonheur depuis sa naissance.
Iv-han en était rassuré et comblé.

— Maman, dit-il, pourquoi est-ce qu'on ne reste
pas toujours comme ça, l'un contre l'autre ?

— Nous faisons partie l'un de l'autre à tout jamais,
répondit-elle.

Iv-han en éprouva une douce allégresse. Rien au
monde que lui et Kukiko. Il s'endormit, puis se réveilla,
buvant le lait chaud dont elle le nourrissait. Tous ses
membres étaient enveloppés dans d'immenses langes
de coton ouatés et confortables. L'effort était devenu
un concept désuet. Il vivait l'extase, il était au jardin
d'Éden. Il sombra dans le sommeil.

Il s'éveilla à nouveau et but du lait. Kukiko chantait
toujours de lentes berceuses. Il sentait que désormais
plus rien ne pourrait jamais les séparer. Il posa sa tête,
ses paupières se fermèrent doucement, son souffle ra-
lentit. Puis, comme si quelqu'un avait ouvert un volet,
une lumière l'aveugla. Une forme sombre et floue se
dressait au fond de cette clarté.

— Il est temps de partir, dit-elle.

Iv-han reconnut cette voix, elle lui était familière.

⁘

Iv-han est un peu plus vieux ; il marche. Autour de
lui, il voit les jambes d'une multitude de gens qui se
promènent. Il est comme dans une forêt mouvante,

mais il est seul. Îlot perdu parmi des milliers de parents en mouvement. Cette horde de géants criant et gesticulant en tout sens, vendant leur *chok moï* aux uns et leur *pad thaï* aux autres. Des billets s'échangent au-dessus des étals serrés les uns contre les autres. Iv-han n'a qu'une seule pensée : « Maman... »

Les larmes lui viennent aux yeux. Kukiko l'a abandonné au milieu d'une foule de colosses ! Il sent une immense boule se former dans sa gorge, si grosse qu'elle l'étouffe presque. Puis, ouvrant la bouche, il réussit à l'extirper en émettant un cri aigu et sonore bientôt accompagné d'immenses sanglots.

— Je veux trouver ma mamaaaannnnn ! Je la veux, je la veux...

Son appel fait son effet. Une petite cohue d'enfants suivis de leurs mères vient à lui. La plus dégourdie des fillettes lui dit :

— On va la trouver, ta mère.

Ce à quoi un petit garçon ajoute :

— Ben ouais, t'en fais pas.

Iv-han ne sait plus qui croire, son instinct ou ce que lui disent les autres. Une grande femme s'abaisse vers lui. Elle ressemble un peu à Kukiko, en moins belle et moins rassurante.

— Allons, viens, on va retrouver ta maman, lui assure-t-elle.

Elle le prend dans ses bras et le porte à travers le marché. Iv-han se sent réconforté, mais au fond de

lui-même une voix n'attend que l'occasion de crier
son angoisse. Il fait tout son possible pour la taire
aussi longtemps que sa petite volonté en sera capable.
Chaque pas que la dame fait lui amène de nouveaux espoirs et de nouvelles désillusions.

Ils continuent de marcher, cherchant Kukiko de
tous les côtés. Ils sont dans une mer de visages. Il entend
des « Pauvre petit » et des « Quelle mère ingrate » fuser
de part et d'autre. Les gens ne sont pas beaux. La plupart l'effraient, surtout lorsqu'ils ont les dents cariées.
Chaque fois, il enfouit son visage au creux de l'épaule
de sa salvatrice, qui lui passe alors une main dans les
cheveux en lui répétant qu'elle va retrouver Kukiko.

Si la voix de la femme était pleine de confiance au
départ, Iv-han sent bien que plus le temps passe, moins
elle semble rassurée. La femme qui le porte s'arrête de
plus en plus souvent aux échoppes, où elle le dépose
pour interroger les marchands. Là, parmi des milliers de jambes, il sent plus que jamais qu'il est seul au
monde, que Kukiko n'est plus là. Puis il remonte dans
les bras de sa bienfaitrice, mais celle-ci semble peiner
de plus en plus chaque fois, ses bras se fatiguant de ce
fardeau qu'elle n'est pas habituée à porter.

Puis les marchands ferment boutique alors que la
lumière du jour décline. La plupart des clients sont
partis ; seuls quelques-uns traînent encore ici et là,
prolongeant leurs conversations. La femme qui le
porte le dépose un instant, malgré ses vives protesta-

tions. Elle regarde autour, nulle part elle ne voit une mère paniquée à l'idée d'avoir perdu son enfant. Elle pousse un grand soupir, et Iv-han comprend aussitôt que c'est peine perdue.

La boule remonte dans sa gorge, l'enserrant, l'étouffant par sa singulière présence. La panique qu'il a retenue tout ce temps au fond de lui explose. De sa bouche, un long sanglot presque inaudible au départ se déploie en un gigantesque crescendo qui retentit sur les murs des boutiques. La femme qui l'accompagne se bouche les oreilles, le tenancier d'une échoppe laisse tomber un pot de faïence qu'il tenait entre ses mains.

Il a beau s'époumoner, rien n'y fait. Kukiko ne vient pas à lui, et les autres adultes témoins de la scène ne font rien d'autre que de lui demander de se taire. Il ne se passe que peu de temps avant qu'un homme vêtu tout de noir s'approche de lui. Il porte une grande robe sur laquelle est brodé un dragon d'argent représenté sous la forme d'un immense serpent à six têtes, chacune révélant des crocs acérés et un regard froid et cruel. Le visage de l'homme est long et émacié, pâle comme un soleil d'hiver. Ses mains osseuses sont parcourues de veines bleues et saillantes.

Il s'approche et, malgré l'apparence particulière du personnage, Iv-han ne ressent aucune crainte en sa présence. Ce dernier s'agenouille pour se mettre à sa hauteur, lui met une main sur une épaule et lui dit :

— Que fais-tu là, tout seul, petit ?

— J'ai perdu ma maman, répond Iv-han dans une voix entrecoupée par des sanglots.

— Où l'as-tu vue pour la dernière fois?

— Elle était là, au marché, elle me tenait la main, puis j'ai vu un chat. Alors j'ai voulu le prendre, mais il s'est enfui. Je me suis mis à courir pour le rattraper, puis j'ai perdu maman...

— Allons, prends ma main, je suis sûr que nous allons la retrouver.

Ils partent ensemble. La présence de l'homme est apaisante, comme s'il était en parfait contrôle de la situation, comme si l'Univers entier se pliait à sa volonté. C'est pour Iv-han une sensation difficile à comprendre, mais malgré son jeune âge, il peut saisir que cet adulte est différent des autres.

Ils arrivent enfin devant un bâtiment en pierre grise entouré d'une clôture de fer. Dans la cour intérieure, plusieurs enfants jouent avec un ballon ou des rubans qu'ils font virevolter dans les airs. Ils ont tous l'air heureux. L'homme en noir se penche vers lui et lui dit:

— Ta mère t'a abandonné, petit. Et c'est ici que les enfants seuls se retrouvent: à l'orphelinat. C'est moi qui en suis le directeur. Entre et va jouer avec tes nouveaux camarades.

Iv-han regarde à l'intérieur de l'enceinte. Tous les enfants ont arrêté de jouer pour lui faire signe de venir les rejoindre. L'homme lui fait une légère pression

dans le dos, l'invitant à avancer vers la grille. Iv-han
sourit. Ici, il y a plusieurs amis. Il avance à l'intérieur
sous le regard approbateur du maître de l'orphelinat.
Il se retourne et lui offre un sourire reconnaissant. Il
l'a recueilli et, sans rien lui demander en échange, l'a
conduit jusqu'à un endroit sûr.

Iv-han avance en tentant de se rassurer. Il fait un
pas de plus en observant les enfants qui lui rendent
son sourire. Il fait un nouveau pas, mais il sent au fond
de lui une inquiétude qui le retient. Dans son for intérieur, Iv-han a l'étrange impression que chacun des
pas qu'il fait le mène vers un danger plus grand. C'est
un doute affreux, comme une pierre au fond de son es-
tomac qui l'empêche de bouger. L'homme derrière lui
s'impatiente et l'encourage de sa voix mielleuse à aller
de l'avant, parce qu'il n'a pas d'autre choix. L'homme
l'assure qu'il l'aime beaucoup, mais qu'il doit vaquer
à ses autres occupations. Iv-han sait toutefois que
quelque chose cloche.

Incapable de faire un pas de plus, malgré les in-
sistances du maître de l'orphelinat, Iv-han s'arrête et
plonge au fond de son âme pour chercher à comprendre
ce qui le dérange tant. C'est une blessure qui date de
fort longtemps et qui était profondément enfouie. Le
maître le pousse désormais dans le dos, s'acharnant
à le faire avancer, mais n'y arrivant pas. Iv-han est en
transe. Il voit la cicatrice, la marque laissée au tréfonds
de son être. Il descend jusqu'à elle, la contemple et la

saisit. Puis enfin, il comprend. Il touche cette vérité qui, pour lui, sera un pilier fondamental de sa personnalité. Jamais sa mère ne l'aurait abandonné !

L'homme en noir ne peut réprimer un rire sarcastique alors que lui et tout le décor qui les entoure, l'orphelinat, les rues du marché, le ciel, se diluent devant Iv-han. Tout disparaît, s'engouffrant dans un tourbillon multicolore, pour ne laisser que le néant.

Iv-han revint à lui, un jeune homme de quinze ans aguerri par des années de pratiques martiales. Il se trouvait au milieu de rien, un espace noir l'entourait. Un faisceau de lumière apparut devant lui, une silhouette s'y dessinait. Iv-han s'en approcha, ses pas retentissant dans l'immensité obscure comme s'il marchait sur le sol dallé d'une cathédrale. La silhouette se leva et Iv-han put enfin discerner le visage de l'inconnue. C'était celui de Kukiko ! Iv-han s'arrêta net. Ce n'était plus la jeune femme qui lui avait donné le sein qu'il voyait, c'était sa mère telle qu'elle devait être lors de sa propre mort. Son fantôme. Son visage, bien qu'encore dans la force de l'âge, était ridé près des yeux et de la bouche. Ses cheveux ramenés en chignon derrière sa tête avaient pris des teintes de gris. Ses mains étaient émaciées, sa peau n'avait plus le même lustre. Son kimono de soie, bien qu'élégamment porté, ne pouvait plus cacher les altérations du corps vieillissant de la femme qui le portait.

Iv-han ne put cependant s'empêcher de la trouver belle. Il ne s'agissait pas d'une beauté physique, mais immanente, qui faisait partie de la nature de cet être qui se dressait devant lui. Elle le regarda en face, découvrant des yeux voilés de larmes. De ses minces lèvres, elle murmura d'une voix presque inaudible :

– Mon fils...

Iv-han se sentit défaillir. Cette voix... Profonde, elle était douce mais fragile ; c'était la voix d'une mère déchirée par des années de peine. La voix brisée d'une femme aimante qui n'avait jamais pu offrir son amour. Iv-han sentit des larmes couler sur ses joues ; il s'approcha de Kukiko qui, comblée, laissa échapper un court sanglot avant de lui montrer son plus beau sourire. Elle lui ouvrit les bras, Iv-han l'embrassa. Sa chaleur était la même que celle qu'il avait connue bébé.

Ils demeurèrent longtemps ainsi enlacés. Une fois de plus, Iv-han perdit la notion du temps. Il était si heureux de retrouver cette mère qu'il avait perdue.

Il passa des heures à lui raconter ses années au temple, à lui expliquer les diverses positions de l'Art du Singe. À parler de la rigueur de ses maîtres, mais aussi de leur bonté dans leur enseignement. Kukiko écoutait avec avidité, voulant toujours connaître plus de détails. Elle le complimentait, lui disant souvent qu'il était devenu un si beau jeune homme, grand et fier. Elle ne pouvait tarir d'éloges à son égard.

Iv-han se sentait comme un héros. Il pouvait dire tout ce qui lui passait par la tête à sa mère, et c'était un grand soulagement. Kukiko était mieux que tout ce qu'il avait pu imaginer. Elle était bienveillante, affectueuse, intéressée. Elle parlait d'elle autant qu'elle l'écoutait.

Iv-han ne se lassait pas de l'entendre relater des événements oubliés de son enfance : sa naissance, ses premiers pas, ses premiers mots... Elle se souvenait de tout avec une précision passionnée, sa mémoire pleine de ces instants privilégiés. Elle lui conta aussi comment elle était morte dans le chagrin à l'idée qu'elle ne reverrait plus jamais son fils unique. Mais tout cela n'avait plus d'importance aujourd'hui, puisqu'ils étaient là, ensemble. Kukiko était tout ce qu'il avait désiré ; elle était tout le contraire de Surat-Kany, ce père froid et impénétrable qu'il avait rencontré plus tôt.

Comme il avait cette pensée, une lumière jaillit dans le néant qui les entourait. Ils entendirent des pas sur le parquet, puis une silhouette apparut sous un nouveau faisceau lumineux. Kukiko laissa échapper un cri étouffé par l'angoisse.

Iv-han reconnut l'homme qui se dressait devant eux : Surat-Kany. Il avait l'air un peu fatigué, sa tunique était déchirée en plusieurs endroits. Quand il s'approcha, Iv-han sentit Kukiko se blottir contre lui, une main protectrice sur son épaule. Iv-han la serra contre lui. Surat-Kany prit la parole :

– Merci de m'avoir ouvert une brèche en pensant à moi, Iv-han, je suis touché. J'aurais pu te chercher bien longtemps dans les profondeurs de ton labyrinthe. Viens, nous devons sortir d'ici, le temps nous presse.

– Que viens-tu faire ici, s'empressa d'ajouter Kukiko. Tu n'as rien à faire dans mes retrouvailles avec Iv-han. Va-t'en !

Surat-Kany regarda Kukiko, et Iv-han put apercevoir une pointe d'amertume traverser son regard toujours impassible. Il observa Kukiko des pieds à la tête, considérant ses courbes et son visage. Il soupira et tendit une main à Iv-han. Ce dernier recula, un air de défi sur le visage.

– Que faites-vous ici, père ?

– Aurais-tu déjà oublié les circonstances de ta mort ? Si tel est le cas, le labyrinthe de ta psyché a plus de méandres que je ne l'ai cru. J'ai dû me battre pour te permettre de t'échapper par la porte du royaume des morts. Je me suis défait de ces adversaires, mais nos ennemis sont à notre poursuite. Il te faut sortir des lacis de ton esprit au plus vite, sinon ils te piégeront ici à tout jamais. Je sais que Seimei-Shi, le dragon protecteur des morts lui-même, te cherche en ce moment.

– Non ! cria Kukiko. Tu ne m'enlèveras pas mon fils une seconde fois, Surat-Kany ! J'ai fait cette erreur de mon vivant en t'obéissant, alors tu ne réussiras pas à me l'arracher dans la mort.

– Silence, dit Surat-Kany d'un ton autoritaire. Tu n'es qu'une chimère, une projection idéalisée, tu ne peux t'exprimer contre la volonté d'un magistrat de l'ordre céleste.

– Tu te trompes, répliqua-t-elle. La souffrance provoquée par la perte de mon fils a été plus forte que les processus d'annihilation du soi que la mort inflige. Je suis demeurée dans les dédales du royaume des morts toutes ces années, espérant que quand Iv-han mourrait je pourrais enfin le rejoindre. C'est le dragon Seimei-Shi lui-même qui m'a permis de pénétrer à l'intérieur de la psyché d'Iv-han. Tu ne réussiras pas à nous séparer une deuxième fois.

Surat-Kany se tut un moment, reconsidérant Kukiko d'un regard nouveau. Iv-han vit dans son regard l'excès de confiance faire place à la réflexion. Iv-han regarda Kukiko et fut saisi de surprise. Comme elle avait changé! Ses traits si doux étaient désormais creusés par la rage, ses yeux rougis par la colère. Elle serrait les dents si fort qu'il les entendait grincer. Iv-han ne put supporter de la voir ainsi. Il lui mit une main sur l'épaule pour la rassurer et dit à Surat-Kany.

– Je ne peux pas partir, père. Vous voyez bien la peine que cela fait à ma mère. Je ne peux la laisser ainsi.

– Tu n'es responsable que de toi et de ta destinée Iv-han. Ta mère a fait le choix du regret et de l'incompréhension. Elle erre depuis des années dans les dédales du royaume des morts, se rappelant sans cesse les erreurs de sa vie. Aujourd'hui, elle veut t'y emmener avec elle.

— Les erreurs que j'ai faites dans ma vie, Surat-Kany ? répliqua Kukiko. Dis donc à Iv-han qui de nous deux a forcé l'autre à abandonner son petit garçon pour aller se faire tuer dans une guerre aussi sanglante qu'inutile.

— Cela n'a plus d'importance.

— Bien au contraire, c'est aujourd'hui que ces faits prennent toute leur signification. Allons, dis-le-lui ! À moins que, selon ton habitude, tu ne sois trop lâche pour assumer tes décisions.

— Comment oses-tu, Kukiko ! Je ne te permets pas de...

— Non, père, lança Iv-han d'un ton sévère. Ma mère a raison, je veux savoir. Pourquoi m'avez-vous abandonné ?

Surat-Kany prit une profonde respiration. Il était évident qu'il aurait préféré que cette discussion n'ait pas lieu.

— Nous t'avons abandonné parce que nous n'avions pas d'autre choix. Je devais aller à la guerre, et toi, tu devais être en mesure d'accomplir ton destin. Les astres étaient très clairs là-dessus.

— Et moi, s'impatienta Kukiko. N'aurais-je pu vivre heureuse avec mon fils loin des problèmes créés par ta famille ?

— Tu en aurais fait un fermier misérable, ou pire, vous auriez mendié dans les rues pour subvenir à vos besoins. Je ne pouvais pas le laisser devenir un roturier. Son destin a été préparé par plus de dix générations...

— Que les démons te dévorent, Surat-Kany! Je n'en ai cure de tes supposés destins. Ma vie m'appartenait et tu l'as ruinée. Jamais je...

— Ta vie était sans importance. Ton destin était de servir et ce sacrifice était nécessaire pour...

— Ce n'est le destin de nulle mère que d'abandonner son enfant!

La rage qui animait Kukiko était palpable. Iv-han la vit avec horreur se transformer sous ses yeux. Ses traits se creusèrent dans sa peau, ses cheveux se dressèrent sur sa tête. Ses mains s'allongèrent en prenant l'apparence de griffes, ses dents s'aiguisèrent en longues lames acérées. Ses yeux prirent une teinte rougeâtre incandescente de colère. Elle grandit, ses talons ne touchant plus terre. Elle eut un long cri entre douleur et rage.

Surat-Kany recula de quelques pas, mais déjà la furie se jetait sur lui. Elle tenta de lui déchirer la gorge de ses griffes, de lui découper les côtes avec ses dents. Surat-Kany esquivait, mais peinait devant les armes terribles de la rage de Kukiko. Il parait les coups, déjouant les assauts de la bête par des déplacements rapides, mais rien n'y faisait. Il dit à Iv-han:

— Tu vois ce que la déception et la rage peuvent faire, Iv-han. Se perdre dans le labyrinthe de sa psyché est la pire des situations, et Kukiko veut t'y engouffrer avec elle.

Devant ces accusations, Kukiko lança un regard plein de compassion à Iv-han, incapable de s'exprimer par la parole. C'était ce que Surat-Kany souhaitait. Il plongea en arrière, tournoyant sur lui-même en décochant un superbe coup de pied à la mâchoire du monstre. Kukiko recula sous l'impact. Surat-Kany ne voulut pas lui donner le moindre répit. Il sauta dans les airs pour tourner sur lui-même et décocher un formidable coup de coude à la tempe de la diablesse.

Ce coup ne porta jamais.

— Noooon, s'écria Iv-han, se jetant sur Surat-Kany et le projetant au sol. Iv-han s'interposa entre lui et Kukiko, se tournant vers elle.

— Je ne peux vous voir vous battre ainsi, ça me déchire, c'est insupportable! Arrêtez, je vous en prie.

Il avait soufflé cette dernière phrase avec tant de douleur que la hargne ambiante s'estompa. Iv-han comprit qu'il avait en ces lieux un plus grand pouvoir qu'il ne l'eût cru. C'était après tout le labyrinthe de sa propre psyché. Il fut pris d'une crise de larmes intense, des larmes chaudes mouillaient ses joues.

Il se tourna vers Kukiko, toujours monstrueuse.

— Mère, dit-il. La plus grande souffrance que j'ai connue fut d'être séparé de vous. Chaque fois que je voyais une femme, je me demandais si c'était vous, qui deviez être incapable de me reconnaître. Chaque fois que je voyais une mère embrasser son enfant, je ne pouvais m'empêcher de ressentir le souvenir de plus en plus lointain de vos caresses. Jamais cette douleur ne m'a quitté ; elle faisait partie de mon quotidien.

Il s'arrêta un peu pour reprendre son souffle. Il essuya ses joues et reprit.

— Je crois que vous devez me laisser partir. Je souffre aujourd'hui de vous voir si amère, si colérique envers une existence que vous avez quittée depuis longtemps. Surat-Kany a fait ses erreurs et je lui en veux de nous avoir séparés. Mais le mal est fait. Je veux encore être Iv-han et connaître le monde terrestre. Je ne veux pas que l'Art du Singe disparaisse avec moi. C'est trop important pour l'île de Saï. Je ne veux pas que tous mes efforts soient perdus. Je vous aime, mère, je vous remercie de m'avoir attendu dans cet endroit horrible pendant toutes ces années. Mais maintenant, il faut lâcher prise. Partez dans le cycle des réincarnations. Moi, je suis contraint de vous oublier. Je souhaite que votre vie future soit pleine d'enfants que vous pourrez chérir.

Iv-han pleurait toujours. Au fur et à mesure que ses paroles atteignaient Kukiko, elle retrouva peu à peu sa physionomie. Elle sanglotait, et ils s'enlacèrent un très long moment, sachant que désormais ils ne se reverraient jamais plus. Il s'agissait d'une véritable rupture, et ils n'arrivèrent à se séparer qu'après maintes tentatives.

Ils finirent par s'adresser un sourire qu'ils savaient sans lendemain. Tout était redevenu calme, chacun avait convenu de la justesse de la situation. Iv-han sentait qu'il était sur le point de perdre un amour infiniment précieux. Il fallait malgré tout le laisser aller. Ils se regardèrent et choisirent de détourner les yeux en même temps pour ne plus se retourner. Il arriva auprès de Surat-Kany et fut surpris d'apercevoir, sur ce visage si froid et si distant, les traces que la tristesse avait laissées sur son âme.

Surat-Kany, ému, prit la parole :

— Tu as fait le bon choix, Iv-han. Je suis fier de voir que tu as une telle volonté. Tu es en vérité un directeur de conscience. Même de la mienne.

— Taisez-vous, père. Je viens de perdre ma mère pour une deuxième fois. Je vous hais. Apprendre que vous l'avez forcée à m'abandonner m'oblige à vous détester. Ce que vous avez pu être cruel ! La seule raison pour laquelle je vous suivrai encore, c'est que je veux que l'Art du Singe survive à l'attaque d'Homaer.

Surat-Kany respecta le ton d'Iv-han et l'invita de la main à poursuivre leur chemin. Ils s'enfoncèrent ainsi dans le néant, leurs pas ne portant sur rien, alors que derrière, les faisceaux de lumière s'éteignaient doucement sur l'écho encore présent des sanglots qui étaient versés.

CHAPITRE VII

La cité de nos rêves, au fond de la crevasse étrange des onirismes déracinés de nos têtes, est perdue dans l'essence enflammée de gazes vaporeuses. Trouble de l'angoisse souffrante issue des rires joyeux et enfantins des satyres de l'humanité, créateur éhonté de fantasmes troglodytes d'une psyché désordonnée, elle-même à la dérive dans son vaisseau ou échouée sur les plages de nos vies, sans matelots ni capitaine.

LES DÉLIRES HONNIS.

Iv-han et son père marchèrent quelque temps, semblant n'aller nulle part. Ce fut Surat-Kany qui rompit le silence.

— Je m'excuse d'avoir à contrarier ton désir, mais je dois t'entretenir d'un enjeu d'une grande importance.

— De quoi peut-il bien s'agir, père ?

Surat-Kany ne put s'empêcher de se raidir à la pointe d'ironie qu'il perçut dans la repartie d'Iv-han, mais il continua :

— Comme tu le sais, nous sommes au cœur du labyrinthe de ta psyché. Les labyrinthes sont uniques à chacun ; ils sont formés des désirs et des souffrances qu'une personne a connus dans sa vie terrestre. Le rôle de ces labyrinthes est de détruire la personnalité du mort, de perdre son ego dans ses dédales pour que l'âme en sorte purifiée de tout trait de caractère. L'âme est l'étincelle divine qui anime l'ego, lequel est fondé sur les connaissances, les souvenirs et les expériences de la personne. Rien de cela ne veut mourir, car l'ego est convaincu de sa grande importance. Tu dois donc explorer tes blessures les plus profondes, celles qui risquent de te perdre. Les impasses de ta psyché sont formées par ces souvenirs puissants, et ton ego oublie tout le reste. Il s'empêtre, alors que ton âme, elle, poursuit son chemin vers la réincarnation. Il en est ainsi pour toutes les âmes qui traversent le royaume des morts. Un ego dépourvu d'âme n'a plus de contact avec la réalité, il n'existe plus que pour lui-même. Il est son propre et unique but, forme son propre microcosme insignifiant, et finit par disparaître, coupé qu'il est désormais du support existentiel qu'est son âme. Mais quand cela arrive, c'en est fait de tout savoir acquis. C'est pourquoi il faut éviter cela coûte que coûte.

Iv-han s'arrêta de marcher pour réfléchir à la singulière explication de son père.

– Vous voulez dire que nous sommes présentement à l'intérieur de ma psyché ?

– En fait, nous ne sommes pas « quelque part ». Rien, ici, n'est physique ; tout est spirituel, car ton âme est d'une matière beaucoup plus subtile. Elle est une fibre dans la trame de l'Univers.

– Mais où suis-je, moi, continua Iv-han, si mon âme est fondue dans le reste de l'Univers ?

– Si ton âme est une des fibres de la trame de la réalité universelle, semblable à toutes les autres, ton ego en est l'encre. Ce qui distingue les hommes des autres animaux, c'est le souvenir. La réalité humaine est communautaire ; elle est constituée de la mémoire que nous avons de la vie de nos ancêtres. Bien que nous soyons de minuscules individus noyés dans la multitude des êtres qui peuplent le monde, nous cherchons tous à marquer l'imaginaire de nos semblables. Il n'y a rien de plus humain que de vouloir créer son propre mythe, de tenter de s'illustrer pour que ceux qui nous suivent se souviennent, d'aspirer à laisser des traces sur le grand parchemin de l'histoire de l'Univers.

Surat-Kany s'assura qu'Iv-han suivait le fil de ses explications et reprit.

– Cela dit, il est parfois possible pour un humain de traverser son labyrinthe sans y perdre toute la substance de son ego. Le premier à réussir cet exploit fut Iv-Haniko, celui à qui tu dois ton nom. Tout être qui accomplit ce tour de force conserve les connaissances, souvenirs et réflexes qu'il a accumulés au cours de toute sa vie terrestre, et parfois de plusieurs existences. Il se réincarne alors dans un nouveau corps avec pour bagage une somme accrue d'expériences. C'est l'objectif de notre mission : te donner accès à la réincarnation sans que tu oublies qui tu es. En d'autres mots, nous devons permettre à ton âme de trouver un nouveau corps sans que ton ego soit anéanti, pour que tu puisses accomplir ta destinée à la suite d'Iv-Haniko.

Iv-han sourcilla, perplexe. Les mécanismes de l'Univers étaient sans doute réglés de cette façon pour une raison précise. Soudain, il comprit.

– Vous... Vous voulez dire que je vais renaître? Mais en me souvenant de tout? C'est horrible ça!

Surat-Kany baissa la tête.

– Non, Iv-han. Ta vie passée ne peut pas occuper l'esprit d'un nouveau-né. Il faut qu'il grandisse et vive avant qu'il se souvienne. Il a trop à apprendre, ne serait-ce que pour marcher. Savoir tant de choses en étant incapable de réaliser quoi que ce soit faute d'autonomie rendrait fou n'importe qui.

– Que faisons-nous maintenant? s'enquit Iv-han.

– Nous devons trouver la sortie de ton labyrinthe. Si tu réussis à le traverser sans perdre ton ego, ta personnalité, tu te réincarneras et laisseras ta trace sur la trame de la réalité universelle. Tu pourras alors répéter ce passage à chaque nouvelle vie que tu désireras entreprendre. Les corps meurent, les esprits restent. C'est pourquoi les dragons protecteurs de l'ordre céleste prennent souvent l'apparence de serpents. Les serpents muent et changent de peau régulièrement. C'est là le secret de l'éternité, Iv-han.

Surat-Kany réfléchit un moment et reprit :

– Une fois sortis, nous trouverons la source du fleuve des âmes. Tu te souviens, celui qui traversait le ciel au moment de ta mort. Les âmes parvenues à ce stade ont oublié qui elles étaient ; elles ne sont donc pas prêtes à se réincarner. Seules quelques-unes, encore attachées à un souvenir terrestre fort, demeurent sur les îles environnantes, dispersées autour du tourbillon du puits de la réincarnation. Elles attendent parfois des millénaires pour oublier leur existence et aller se noyer dans les eaux du maelström. Ne touche jamais aux eaux de ce vortex, Iv-han. Si la matière éthérée du fleuve des âmes est inoffensive, les remous du puits de la réincarnation sont dangereux. Tous ceux qui entrent en contact avec eux s'oublient, et nous sommes trop près de ta réincarnation pour que tu perdes la moitié de tes connaissances. Au centre du puits, il y a un vortex vertigineux. Tu dois t'y jeter en plein centre, de manière à n'en pas toucher les bords. En plongeant dans ce maelström, tu auras réussi la traversée du labyrinthe de ta psyché. Ici, tu n'as pas de corps, seul ton esprit existe. Avec ta volonté, tu peux arriver à tout faire dans le royaume des morts.

– En quoi me réincarnerai-je ?

– Je ne le sais pas, seuls les... Par tous les dieux !

Iv-han tourna la tête pour voir ce qui horrifiait Surat-Kany. Il se sentit défaillir. Derrière eux se dressait un dragon titanesque. Un serpent argenté à huit têtes qui s'élevaient aussi haut que la plus haute des montagnes. Seimei-Shi, le protecteur du royaume des morts ! Iv-han devait se tordre le cou pour arriver à voir les têtes de la créature, et c'était parce qu'elle se trouvait encore loin à l'horizon. Les têtes sifflaient de colère et le monstre bondit vers eux. Iv-han regarda Surat-Kany, paniqué.

Celui-ci ne perdit pas un instant. Il se tourna et, de ses mains, ouvrit une brèche en déchirant le rideau de la réalité. Alors que la bête leur plongeait dessus, il hurla :

– Fonce, Iv-han. Et n'oublie pas : ne touche jamais au tourbillon.

Iv-han plongea dans la brèche, suivi de Surat-Kany, sans se retourner pour voir l'horreur qui les poursuivait.

꘎

Surat-Kany et Iv-han coururent sans jamais regarder derrière eux. Le bruit des pas de la bête, son sifflement aérien et jusqu'à son souffle sur leurs nuques leur confirmait que le monstre était bien à leur poursuite. Iv-han fuyait aussi vite que son esprit pouvait l'imaginer, traversant des contrées à une vitesse telle qu'elles n'étaient plus qu'un amas de couleurs aux formes diffuses.

Ils parcoururent ainsi de nombreuses scènes qu'Iv-han reconnaissait chaque fois. Certaines étaient de lointains souvenirs de son enfance, comme lorsqu'il avait rencontré maître Ko-Hany pour la première fois. D'autres relataient les dernières années de son apprentissage de l'Art du Singe. Il revit sa première victoire au combat contre un membre d'un cercle supérieur, les longues séances d'entraînement au temple et des courses en montagne. Ces paysages étaient massacrés par l'hydre disproportionnée. Elle crachait sa colère, déchirant les souvenirs d'Iv-han de ses gueules, ouvrant de larges brèches dans des pans entiers du labyrinthe de sa psyché.

Iv-han ne put résister à l'idée de jeter un œil derrière lui. Le monstre était immense, gargantuesque! Il les poursuivait sans pitié. Ses crocs à eux seuls faisaient deux fois la taille d'Iv-han, et chacun des anneaux de son corps avait celle d'une colline, et ses huit cous s'élevaient aussi haut que les nuages. Iv-han fut saisi d'effroi. Il sentit ses jambes faillir sous lui, ses genoux devenir flasques. Déjà, une gueule immense fondait sur lui, ses crocs suintant un poison vert et gluant.

Elle mordit la poussière grâce à l'intervention *in extremis* de Surat-Kany, qui poussa Iv-han hors de la portée du mastodonte, évitant lui-même les morsures et coups de griffes de la bête. Surat-Kany lui cria:

— Iv-han, bouge! Ne te retourne pas! Cours le plus vite que tu le peux.

Les quelques paroles de Surat-Kany fouettèrent l'esprit d'Iv-han. Surat-Kany avait raison : il était trop tard, de toute façon. Il se remit à galoper avec toute la rage de vivre qui lui restait. La bête rugit de colère. Elle redoubla d'ardeur pour les attraper. Elle arrachait la tapisserie des rêves d'Iv-han, n'évitant aucun obstacle, détruisant de larges bandes du labyrinthe de ses gueules abjectes.

Iv-han sentit un terrible tremblement sous ses pieds, puis vit une ombre grossir à vue d'œil sur sa route. La bête avait bondi et allait leur tomber dessus. Iv-han se jeta sur le côté, évitant de justesse les crocs acérés du dragon. L'impact de la chute fut terrible, ouvrant de larges crevasses dans tout le monde psychique d'Iv-han. Tout trembla. Iv-han se releva d'un bond et vit Surat-Kany lui faire signe. Il obtempéra et plongea tête baissée dans une des issues qu'avait créées le monstre en tombant. Il y pénétra juste avant que la queue de Seimei-Shi n'élargisse la brèche, détruisant le souvenir d'Iv-han.

Iv-han bascula dans un torrent de fantômes. Il avait rejoint le fleuve des âmes prêtes pour la réincarnation. Il se trouvait parmi des centaines, voire des milliers d'âmes, et s'y dissimula. Mais il devait retrouver Surat-Kany.

Seimei-Shi, le dragon protecteur du royaume des morts et du cycle des réincarnations, rugit sa rage. Impossible de retrouver deux âmes isolées dans la multitude qui s'étendait devant lui. De ses huit têtes, il scruta le fleuve des âmes sous plusieurs angles, mais c'était peine perdue, le courant était trop rapide, des centaines de trépassés passaient devant ses yeux à chaque instant. Furieux, il rugit à nouveau et disparut pour aller attendre ces deux hors-la-loi au puits des réincarnations.

À bout de souffle, Iv-han se laissa entraîner par les autres âmes. Celles-ci semblaient vides, elles avaient dû traverser leur labyrinthe et n'avaient plus de personnalité, plus d'ego. Tout en se cachant du dragon, Iv-han cherchait Surat-Kany. Au loin, il vit son fantôme flotter vers lui.

Ils étaient donc tous deux sortis du labyrinthe. Surat-Kany finit par le rejoindre et, à la grande surprise d'Iv-han, il le serra très fort dans ses bras. Iv-han ne put que se laisser faire, trop stupéfait pour réagir. Les autres âmes passaient tout près d'eux sans leur prêter la moindre attention.

— Je suis heureux que tu en sois sorti indemne, Iv-han. Le dragon est un terrible adversaire…

— Mais que me veut-il ?

— C'est le gardien du royaume des morts. Sa responsabilité est de garantir que le cycle éternel de la vie et de la mort de chacun soit respecté. Il n'aime pas qu'on le déjoue, et c'est précisément ce que nous faisons.

— Je ne comprends pas, père. Avez-vous enfreint des lois célestes en venant me chercher et en ne me laissant pas disparaître comme mes frères et mes sœurs du temple?

— Il n'y a que l'Un qui connaisse sa propre volonté. Nul en ce monde ne sait quels sont ses véritables desseins. Certains ont seulement plus d'indices que d'autres.

— Mais qu'ai-je à y voir?

— Je n'ai pas le temps de tout t'expliquer, mais lorsque l'Un a créé la vie, il a voulu qu'elle ne disparaisse pas. Il a donc créé les dieux et les dragons pour veiller sur sa création, ainsi qu'un code et des usages pour régir leur interaction avec les mortels. L'application de ces conventions revient au conseil des cinq dragons célestes. Tous très sages, tous garants de l'ordre céleste. Chaque dragon a son rôle pour ordonner notre monde. Ils personnalisent chacune des forces et des idées qui sont implantées dans l'Univers. Mais ce sont les mortels qui, par leurs croyances et leurs prières, les font exister.

Surat-Kany s'arrêta un peu.

— Nous devons avoir un plan si nous voulons atteindre notre but. Il faudra user de ruse pour nous défaire de Seimei-Shi. C'est un être puissant. Plus que bien des dieux. Mais j'ai confiance que nous réussirons. Nos ancêtres avaient bien planifié leur coup. Ils ont été sages de tenter de faire de toi un immortel. Tu te dois d'être fier, aussi fier que je le suis de toi en ce moment.

– Merci, père, dit Iv-han, ému.

Surat-Kany s'arrêta pour poser un regard intense sur Iv-han. Puis il poursuivit.

– Comme je te l'ai expliqué, Iv-Haniko, notre ancêtre, fut le seul mortel à avoir déjoué le labyrinthe de sa propre psyché. C'était un esprit fort, un caractère vif et puissant doté d'une discipline de fer. Il était parvenu de lui-même à éviter la destruction de son ego lors de son passage dans ses dédales psychiques.

Iv-han acquiesça. Surat-Kany poursuivit :

– Aucun dieu n'avait prévu qu'un mortel réussirait un tel exploit. Or, une fois qu'un être l'a fait, tous sont obligés de croire que telle était la volonté de l'Un. Les dieux ont donc laissé faire notre ancêtre Iv-Haniko. Chacun de ses passages dans la mort lui a permis d'acquérir une somme d'expériences que les immortels ne peuvent espérer posséder, car ils ignorent ce qu'est la mort, puisqu'ils ne meurent jamais. Aujourd'hui, le retour d'Iv-Haniko par ton entremise provoque beaucoup de remous dans les assemblées célestes.

– Père, pourquoi ne m'en avoir rien dit lorsque j'étais vivant ? J'aurais fait plus attention ! reconnut Iv-han.

– Nous ne pouvions en être sûrs. C'est grâce à leur intelligence supérieure que les dieux t'ont trouvé, et ce n'est que lorsqu'ils ont agi que nous avons pu réagir. Les dieux qui tentent de t'empêcher de te réincarner sont tous contre le fait que de simples humains puissent s'élever au statut d'immortel. Cela les met en danger, eux et leurs plans. C'est pourquoi ils s'acharnent sur toi, Iv-han. Parce qu'ils savent que tu es un être qui peut changer le cours de leur existence. Ce sont eux, au fond, qui nous ont révélé que tu étais bien celui dont on attendait le retour.

Iv-han resta silencieux pour bien comprendre toutes les implications de ce que Surat-Kany venait de lui expliquer. Il resta pensif longtemps, puis ses yeux s'écarquillèrent.

— Ce sont ces dieux qui ont fait en sorte que le seigneur Homaer puisse attaquer le temple ?

— Oui, Iv-han.

— Et ce sont eux qui ont fait que ses troupes ne laissent aucun survivant, même si un tel massacre n'était pas nécessaire ?

— En effet.

— Et tout cela parce qu'ils ne voulaient pas que je puisse vivre et me réincarner à nouveau ! Parce que je suis en fait Iv-Haniko ! Ils ont laissé périr tous mes amis et mes maîtres pour que moi je ne puisse plus exister ?

— Je suis désolé, Iv-han.

Iv-han sentit un rempart céder en lui. Il fut submergé non pas par un élan de vengeance, comme il en avait si souvent éprouvé la pulsion, mais plutôt par un savoir beaucoup plus radical et infiniment plus profond. Comme si ces révélations avaient ouvert une fenêtre dans son âme. Un murmure surgit alors en lui, une voix profonde et caverneuse. Elle ressemblait à sa propre voix, mais elle paraissait lui venir d'un autre temps. Elle avait un autre registre et un droit plus ancien à la vérité. C'était une voix ancestrale, celle d'Iv-Haniko, qui se gonflait de colère. Il était de retour! Les entités célestes à la vision rétrograde n'allaient pas nier son droit à l'existence. Il se tourna vers Surat-Kany, résolu à se défendre.

– Que nous faut-il faire, père? lança Iv-han.

– Nous allons pénétrer dans l'antre du dragon. C'est l'endroit où les âmes, lavées de leur personnalité, de leur ego, plongent dans le vortex pour se réincarner dans de nouveaux corps et commencer une nouvelle vie. Même les plus sages redeviennent des enfants devant tout réapprendre, le langage, la marche.

– Qu'y trouverai-je?

– Un dôme. Et du sommet coule le fleuve des âmes que tu as vu lors de ta mort, au temple. C'est là que son cours s'arrête. Il se jette au centre d'un tourbillon formé dans un lac. Ce vortex leur permet de s'échapper vers d'autres vies. Tout autour, des îles flottent çà et là dans les airs et sur l'eau du lac. Elles sont créées par la volonté des âmes qui ne veulent pas encore se réincarner.

Elles y restent parfois jusqu'à mille ans avant que, ayant perdu le souvenir de leur existence, elles se laissent glisser dans l'onde. C'est là un destin très malheureux,

car un contact avec ce liquide annihile toute trace de
personnalité qui pouvait subsister dans ces âmes. Elles
sont alors aptes à se réincarner, mais le contact avec ce
poison est si cruel qu'elles en ressortent endommagées,
obligées de se réincarner dans un être inférieur, comme
un animal ou un insecte, afin de pouvoir se reconstruire
en vue d'une prochaine vie humaine.

— Que devrai-je accomplir dans ce lieu?

— Pour te réincarner sans perdre ta personnalité,
tu dois te jeter dans l'espace vide du vortex, mais attention: sans jamais le toucher. Tu dois tomber en
son centre. Tu as bien compris?

— Oui, père, dit Iv-han d'une voix assurée, j'ai
compris.

— Bien. Tu verras que les lois physiques de cet
espace diffèrent de tout ce que tu as connu jusqu'à
maintenant.

Iv-han acquiesça en regardant Surat-Kany droit
dans les yeux. Il savait le moment grave. C'était peut-
être la dernière fois qu'ils se voyaient. Et pourrait-il
même se souvenir de Surat-Kany? Ils se regardèrent longuement, et Surat-Kany éprouva une grande
fierté. Iv-han, son fils, la réincarnation de son ancêtre,
allait affronter le gardien du royaume des morts, et
pas la moindre fibre de son être ne semblait ébran-
lée. « Et si notre prophétie était vraie, songea-t-il. Si
c'était lui, le véritable Iv-Haniko. » Il prit Iv-han par
les épaules, le serra contre lui et lui souffla:

– Allons, il est temps d'y aller.

Ils quittèrent le fleuve des âmes et progressèrent dans la noirceur. Ils allèrent ainsi quelque temps, puis Surat-Kany fit signe à Iv-han de rester silencieux. Ils arrivèrent en un lieu où l'obscurité était si dense que, tendant leurs mains devant eux, elles disparurent de leur vue. Surat-Kany ouvrit cette obscurité comme s'il s'était agi d'un rideau.

De l'autre côté se trouvait un spectacle fascinant. Iv-han découvrit l'endroit où les fantômes s'écoulaient au centre d'un lac scintillant parsemé de rochers aux crêtes acérées. Une légère brume couvrait le lac, rendant difficile la vue des multiples îles qui parsemaient çà et là le paysage, tant sur l'eau que dans les airs.

Sur chacune, Iv-han pouvait distinguer des âmes perdues. Il vit l'une d'elles se diriger vers le lac. À son contact, elle sembla traversée par un courant électrique. Elle sombra par le fond et fut entraînée jusqu'au vortex, dans lequel elle s'engouffra. Tout près, Iv-han vit la silhouette sombre du dragon Seimei-Shi, qui remuait ses huit têtes, aux aguets. Il ne les avait pas aperçus.

Surat-Kany fit signe à Iv-han de garder le silence, et tous deux s'élancèrent sur les rochers qui leur permettraient d'atteindre le tourbillon. Le silence et la subtilité étaient les armes principales des adeptes de l'Art du Singe. Pas le moindre bruit ne s'élevait de leurs pas.

Ils se déplacèrent ainsi, profitant du relief des îles et de la brume environnante pour éviter d'être vus par le dragon céleste. Ce dernier remuait ses nombreuses têtes en tout sens : il cherchait Surat-Kany et Iv-han. Rien ne pouvait échapper à son funeste regard. Iv-han et Surat-Kany durent se cacher sur une île pour établir un plan. Surat-Kany se pencha vers Iv-han, parlant si bas à son oreille, qu'Iv-han eut du mal à entendre ce qu'il lui dit.

– Iv-han, nous devons passer sa garde. Prends par la droite, j'irai par la gauche. Je vais tâcher de le distraire autant que je le pourrai, mais reste attentif : il pourrait bien envoyer quelques-unes de ses têtes à ta poursuite sans que j'y puisse quoi que ce soit.

– Très bien. Ne vous en faites pas. Je comprends qu'il me faut être prudent.

– Sois fort, Iv-han. Et n'oublie surtout pas, ne touche jamais à l'eau du lac ! Pars maintenant, mais attends mon signal pour te lancer dans le vortex.

Iv-han acquiesça en silence, mais ils se regardèrent intensément avant de prendre leurs chemins respectifs. Iv-han parcourut l'île sur laquelle il se trouvait pour se rendre à son autre extrémité. Il y avait aperçu une suite de petits îlots qui, s'il parvenait à gagner le dernier, lui donneraient une meilleure position pour se jeter dans le vortex sans toucher à ses parois et ses remous.

Iv-han se déplaça d'un rocher à l'autre, portant une attention obsessive à ne jamais toucher à l'eau.

Parvenu à une deuxième îlette, il entreprit de la franchir, toujours dans l'espoir de se dérober aux regards menaçants de Seimei-Shi. Il croisa un grand nombre d'âmes qui contemplaient la surface étale du lac. Iv-han se projeta vers un autre îlot pour enfin atteindre le dernier, situé plus en hauteur. Il y parvint en faisant un très long saut, constatant à nouveau que les lois de la physique n'avaient que peu d'emprise en ces lieux. Il put ainsi bondir de plusieurs mètres sans effort, afin d'atteindre les récifs rocailleux qui surplombaient le lac.

Iv-han alla aussitôt prendre position pour attendre le signal de Surat-Kany. Il prit soin de rester à couvert derrière des étocs pour ne pas être repéré par la bête. Il s'accroupit enfin à l'abri et attendit en observant le plus discrètement possible la scène. L'hydre argentée ondulait de tout son corps, ses huit têtes fouillant sans répit les moindres recoins de son antre.

Iv-han ne voyait plus Surat-Kany depuis un moment. Il hésitait toutefois à fuir sans en avoir reçu le signal. Il n'avait pourtant qu'à se lancer sur un petit îlot en contrebas pour se précipiter en plein centre du vortex. Sa position était parfaite, il ne lui faudrait que quelques secondes pour être en mesure de plonger. La tentation était forte, mais il préféra attendre. Iv-han demeurait convaincu que Seimei-Shi pouvait encore lui réserver des surprises. Il s'arma de patience, prêt à bondir n'importe quand.

Une stalactite colossale s'abattit soudain sur le corps du monstre. Iv-han aperçut une minuscule silhouette tomber du plafond de la grotte pour venir frapper le corps miroitant du dragon à l'aide d'une énorme massue de pierre. Seimei-Shi émit un rugissement qui retentit dans toute la caverne. Iv-han dut se boucher les oreilles, mais le son demeura si strident qu'il crut perdre l'ouïe. Sitôt que le hurlement devint tolérable, Iv-han s'élança. Il vit Surat-Kany qui tournoyait autour de la bête en esquivant ses crocs acérés et lui assénant de puissants coups de pied qui tonnaient dans l'air ambiant.

Iv-han n'y prêta pas attention. Il n'avait qu'un seul objectif : se jeter au milieu du vortex tumultueux. Il s'élança vers le récif qu'il avait désigné comme ultime tremplin. Au milieu de sa chute, deux des têtes de Seimei-Shi se dégagèrent du combat contre Surat-Kany pour s'étirer vers Iv-han. Elles fondirent sur lui à une vitesse folle.

Iv-han n'eut que le temps de poser les pieds sur l'arête du rocher et de faire un salto arrière pour éviter de justesse la morsure de la première gueule qui s'abattit sur lui. Il esquiva la seconde en se projetant dans les airs pour retomber sur la nuque de la bête et rouler sur lui-même en tonneaux incessants. Profitant de sa brève confusion, il prit appui sur une des écailles du dragon à l'aide de sa main droite. Il s'envoya voler dans les airs afin d'atterrir sur un rocher. Il fila juste à temps pour voir les crocs de la première tête mordre l'endroit où il avait atterri. Il continua sa course, les deux monstrueuses têtes à ses trousses. Voyant le bout de l'île, il s'apprêta enfin à se lancer vers son destin. Il se projeta en l'air grâce à un dernier élan, allongea les bras et plongea vers le tréfonds du maelström des âmes. Les deux gueules de Seimei-Shi le poursuivirent dans sa chute, s'approchant toujours un peu plus.

C'est alors qu'il l'entendit.

Ce n'était qu'un doux murmure, comme le dernier souffle d'un mourant. « Iv-han », avait susurré la voix.

Il se retourna dans sa chute pour voir qui avait pu l'appeler en ce lieu désolé. Puis il la vit, elle et son visage accablé qui regardait dans sa direction, ses yeux désolés voyant le dernier souvenir de sa vie humaine sombrer dans l'abîme.

– Yoko !

Une gueule du dragon faucha les jambes d'Iv-han, qui s'en éloigna à temps, effectuant un grand écart. Il entendit claquer les crocs titanesques du monstre à quelques centimètres de son sexe. Ayant refermé les jambes sur les moustaches du monstre, il utilisa le cou de la bête comme élévateur pour revenir sur l'île. Si Yoko était là, il devait la sauver.

Ahuri, Surat-Kany vit Iv-han remonter sur un récif alors qu'il n'avait plus qu'à se jeter dans le vortex pour accéder au cycle des réincarnations.

– Non, lui cria-t-il.

C'était trop tard. Iv-han était déjà revenu à la surface, sur un îlot. Surat-Kany laissa échapper un grognement de fureur devant l'étourderie apparente de son fils, puis redoubla d'efforts dans son combat contre la bête. Il reprit sa massue à deux mains et, se projetant aussi haut que possible, la fracassa sur le corps de Seimei-Shi, brisant des écailles, meurtrissant sa chair. Le dragon poussa un rugissement assourdissant, puis fondit sur son adversaire. Surat-Kany évita chacune des attaques par d'habiles feintes, reculant d'un pas ou deux, tournant sur lui-même.

Chacun de ses mouvements était calculé pour préserver son énergie au maximum. Il asséna un coup de pied renversé à l'une des têtes. Sous l'impact, elle en cogna une autre. Seimei-Shi était trop distrait par Iv-han pour faire face à la science du combat de Surat-Kany, qui partit vers l'île où se trouvait encore Iv-han. Il devait l'obliger à plonger dans ce vortex. Il s'élança sur une tête, puis sur une autre, en gardant les yeux fixés sur la silhouette d'Iv-han.

C'est alors qu'il aperçut l'ombre d'un mouvement qui attira son attention. Les deux têtes qui combattaient Iv-han avaient disparu. Surat-Kany comprit, mais trop tard. Il réussit à esquiver l'attaque de justesse en faisant le grand écart, mais dut poser ses pieds sur une des mâchoires de la bête. Il sauta en appuyant ses mains sur le nez d'une autre gueule sur le point de l'engloutir et, tournoyant sur lui-même, il réussit à frapper du talon une autre tête qui faillit ne faire qu'une bouchée de sa jambe droite.

Quant à Iv-han, il atterrit tout près de Yoko, la saisit par un bras pour l'entraîner à l'abri. L'hydre, satisfaite de son retrait, s'en désintéressa. Iv-han regarda Yoko. Elle n'avait pas changé. Ce visage angélique, cette douceur dans les traits. C'était bien elle. Iv-han en était bouleversé.

— Que fais-tu ici, Yoko ?

Elle semblait perdue, comme si un voile lui brouillait l'esprit. Elle n'avait d'yeux que pour lui. Pour toute réponse, elle se réfugia dans ses bras, laissant échapper un léger soupir de soulagement alors qu'elle se blottissait contre le corps d'Iv-han.

— Yoko, que fais-tu ici ?

— Je... Je suis... partie.

— D'où, Yoko ? D'où es-tu partie ?

— Comme tu... me l'avais... demandé... Mais des hommes...

— Des hommes !

— Des hommes armés... Je n'ai pu...

Puis elle se tut, restant dans ses bras. Ces souvenirs semblaient pénibles et lui demandaient un effort de concentration extraordinaire. Chacune de ses phrases l'épuisait, l'obligeant à prendre de longues pauses pour laisser son esprit se reposer. Impuissant, Iv-han sentit une colère sourde émerger en lui. Le seigneur Homaer ! Non seulement il avait éliminé tous ses compagnons, mais en plus il avait tué la seule fille qu'il ait jamais aimée. C'en était trop.

Surat-Kany combattait Seimei-Shi avec détermination, mais ses huit têtes ne lui laissaient aucun répit. Il esquivait l'une et l'autre, portait des coups, mais rien n'y faisait. Sans cesse, elles revenaient à l'assaut. Tout en sautant et tournoyant, Surat-Kany tentait de voir pourquoi Iv-han était toujours là. Il avait eu dix fois le temps de plonger dans le vortex. Il esquiva deux coups de crocs et se précipita vers Iv-han. Sautant d'une tête à l'autre, il se déplaçait si vite qu'il lui semblait que l'hydre ralentissait. Il en profita pour faire un bond spectaculaire, bien décidé à en finir avec Iv-han, ce fils rebelle. Il ne comprit que trop tard son impatience. Une tête sur laquelle il prit appui le catapulta très haut en l'air. Il n'eut que le temps de se protéger de ses bras pour amortir l'impact de la tête qui avait pris un formidable élan pour le frapper de plein fouet. Le choc fut terrible. Surat-Kany s'écrasa sur un rocher qui se rompit sous la puissance de l'impact, l'ensevelissant sous des tonnes de débris pierreux. Une des têtes de Seimei-Shi engloutit Surat-Kany avec les rochers qui le paralysaient, l'enserrant entre ses mâchoires d'acier. Seimei-Shi ne le supprima pas aussitôt, voulant le soumettre à un interrogatoire.

Iv-han se rendit compte que les fracas du combat avaient cessé. Il prit Yoko par la main.

– Nous n'avons pas beaucoup de temps, fais-moi confiance, lui dit-il à l'oreille.

Il l'entraîna au bord de l'îlot, bien déterminé cette fois à se jeter dans le maelström. C'était trop tard. Lorsqu'il arriva au bout du récif, le dragon le toisait haineusement de ses seize yeux, dressé devant lui comme un rempart infranchissable. Iv-han ne vit pas d'issue.

– Que me veux-tu, dragon ? cria-t-il. Laisse-moi passer, que je puisse accomplir mon destin !

Seimei-Shi fut pris de tressaillement, et des graillements s'élevaient de ses gueules comme autant de rires cyniques. Il répondit :

– Ton destin est ici, fils du Singe. Tu es mort, ton âme ne t'appartient plus, elle est mienne. C'est à tort que tu tentes de m'en priver.

– Mon âme n'appartient qu'à moi, Scimei-Shi. Comment oses-tu prétendre le contraire ? répliqua Iv-han.

Seimei-Shi, gardien du cycle de vie et de trépas, protecteur du royaume des morts, plissa les paupières, contrarié.

– Les âmes ne sont que prêtées par les dieux. Tu dois maintenant rendre la tienne. Je n'hésiterai pas à te l'arracher s'il le faut. Elle sera si mal en point que tu ne te réincarneras qu'en ver de terre pendant des siècles. Rends-toi !

Iv-han ressentit l'autorité de la voix de Seimei-Shi jusque dans le tréfonds de son être. Elle l'ébranla jusque dans les fondements mêmes de sa volonté. Il ne pouvait combattre ce dragon fabuleux. Il était trop fort, trop ancien pour se laisser déjouer par un esprit aussi jeune que le sien. Iv-han était coincé. Les têtes du dragon l'encerclaient, ses yeux le scrutaient, le transperçaient de leur détermination et de leur intelligence. Il sentit le désespoir surgir en lui en vagues successives de plus en plus intenses. Le dragon perçut son trouble, et une de ses têtes s'approcha pour aller le cueillir.

Surat-Kany était blessé et épuisé, enfermé entre des crocs de la bête. Sa plus grande douleur demeurait cependant de ne pas savoir ce qu'il advenait d'Iv-han. « Nous sommes parvenus trop loin pour que je le laisse combattre seul ce monstre, songea-t-il. Il doit y avoir un moyen de sortir d'ici. » Il se remémora les leçons qu'il venait d'enseigner à Iv-han : dans le royaume des morts, l'improbable devient possible, pourvu qu'on ait la volonté ferme de le réaliser. Il serra les dents, s'installa devant la plus grande incisive du monstre et se concentra pour focaliser toutes ses énergies dans son poing. « Je n'ai droit qu'à un seul coup, se dit Surat-Kany. Il doit porter. »

En voyant son destin compromis de la sorte, Iv-han sentit Iv-Haniko s'éveiller en lui. Comme si une étincelle au fond de son être avait réagi au contact du désespoir. Ce sentiment se dissipa soudain, chassé par un courage d'acier. Il avait déjà affronté ce dragon dans le passé et avait remporté la victoire. Iv-han n'avait plus peur. Seule une âpre volonté de survivre l'habitait. Il n'était plus seul à habiter son âme, Iv-Haniko l'ancêtre, le premier maître de l'Art du Singe, était là avec lui. Ensemble, ils formaient un seul esprit, une somme d'expériences impossible à acquérir dans l'espace d'une seule vie terrestre. Et il ne voulait pas disparaître une fois de plus.

Iv-han regarda Yoko, attendri, la prit dans ses bras et s'élança. Iv-Haniko connaissait bien les lois de la physique qui régissaient le royaume des morts, aussi Iv-han portait-il Yoko comme si elle ne pesait qu'une plume. Il sauta sur sa droite pour esquiver la gueule la plus proche et s'en servit comme bouclier pour se protéger des autres. Il bondit sur un des cous de la bête, courant pour se précipiter à nouveau dans le vortex. Une troisième tête réussit à se placer dans la trajectoire de sa chute et, d'un geste vif, le projeta au loin.

Surat-Kany ne voyait plus que l'immense dent devant lui. Rien d'autre n'existait. Lui, son poing, le croc du monstre. Il tendit les muscles de sa main et, se concentrant, fracassa la dent.

Iv-han vit une quatrième gueule du monstre s'abattre sur lui pour l'engloutir. Au fond de la gorge du dragon, Iv-han pouvait voir un abysse tapissé de constellations d'étoiles. Il ferma les yeux. C'en était fait de lui.

Il les rouvrit en entendant un choc sourd. La gueule s'effondrait, une giclée de sang s'échappant d'un œil crevé. Surat-Kany! Il avait cassé une immense incisive du monstre et avait bondi de la gueule en la tenant à deux mains pour la planter dans un œil de la tête qui menaçait Iv-han. Grâce à une vitesse hallucinante, Surat-Kany tourna sur lui-même pour asséner un coup de pied si formidable à la base de la dent cassée qu'il la transforma en un projectile mortel qui traversa le crâne du monstre. Son cou devint flasque, et la gueule s'éloigna d'Iv-han et Yoko, tandis que Seimei-Shi cracha un cri de douleur atroce.

Surat-Kany se tourna aussitôt vers Iv-han, qui plongeait en plein centre du vortex des réincarnations avec Yoko. Alors qu'ils chutaient, il la serra très fort contre lui. Elle ouvrit les yeux et, pour la première fois, Iv-han la revit comme elle était avant sa mort. Elle approcha ses lèvres des siennes et, dans le moment infini, celui qui précède la mort, elle bafouilla un « Merci ».

ÉPILOGUE

Et sous peine de s'y perdre,
La conscience dut composer la complexité.
Ainsi naquit le sens,
Lui qui pointe jusqu'à la fin des temps.

LIVRE DE JUHN. L'ESSENCE DE LA CRÉATION.

Le roi Homaer marchait à toute vitesse dans les corridors de son palais. Le bruit de ses bottes renforcées d'acier résonnait sur les planchers de marbre, faisait écho entre les colonnes de granit et sur les dorures des voûtes d'ogives. Il était sur le point de devenir le roi, le seul et unique dirigeant de Saï, l'île la plus riche de tout le monde connu. Cette gloire, il ne la devait qu'à lui-même, à son incroyable sens de la guerre et à son courage d'avoir su affronter seul les méandres du destin.

Dès que la reddition du général Bikal fut annoncée, les autres nobles de l'île avaient réclamé une rencontre pour négocier un accord et éviter la guerre. Sans les féroces troupes des Dantso, nul ne pouvait plus affronter Homaer avec l'espoir d'y survivre. Les négociations avaient été longues et, comme toujours, les conseils de dame Joyün lui furent plus qu'utiles pour arriver à ses fins. Ce jour-là, tous les nobles de l'île étaient réunis en son palais pour assister à son couronnement et prêter serment d'allégeance. Une grande fête allait avoir lieu le soir même dans les rues de Songatur pour célébrer son avènement.

Joyün attendait l'arrivée d'Homaer dans sa chambre. Elle caressait son ventre rebondi. Depuis plusieurs mois, il n'avait cessé de croître au rythme de la petite vie qui s'y trouvait. Les dernières semaines de la grossesse lui étaient difficiles, mais elle n'en disait rien, ne voulant pas inquiéter Homaer. Il était si occupé avec la constitution de leur nouveau royaume, qu'elle ne le voyait qu'en de rares mais tendres occasions. Il lui avait donné la possibilité de voir son rêve devenir réalité. Elle serait bientôt la reine de tout Saï.

Elle entendit frapper à sa porte et sa servante s'empressa d'ouvrir. C'était Homaer, qui portait son uniforme d'apparat. Il était beau, avec cette allure militaire, ses longs cheveux blonds qui tombaient sur sa nuque. Joyün lui sourit, tenta de se lever, mais eut tant de mal qu'Homaer dut lui venir en aide.

– Ça va, Joyün ? s'enquit-il.

– Oui, tout va très bien, répondit-elle en s'efforçant de sourire.

Ils se dirigèrent jusqu'à la salle du trône. Un page annonça en grande pompe leur arrivée et, alors qu'ils

avançaient vers leurs sièges, tous les dignitaires présents s'agenouillèrent devant eux. Joyün tremblait.
Dès qu'elle était entrée dans la salle, tous les regards
s'étaient tournés vers elle. Elle sentait le mépris que
leurs nouveaux vassaux éprouvaient à son égard. Elle,
une fille de Saï, vendre son peuple à un étranger pour
assouvir ses fantasmes de royauté. Pour eux, peu de
fantaisies étaient aussi méprisables que celle-là.

Ils s'assirent et la cérémonie put commencer. Les re-
présentants de toutes les anciennes maisons nobles de
Saï vinrent prêter serment d'allégeance. Chacun lança
un regard haineux à Joyün avant de s'agenouiller devant
Homaer. Les présents qu'ils avaient apportés avaient été
déposés au palais: des armes de la part des Jifi, des armures
offertes par les Dantso et des ushanzs de la famille Irumi.
Ils avaient choisi des cadeaux guerriers pour un couple
d'assassins. Si Homaer se réjouissait de ces magnifiques
présents, Joyün en saisissait toute la portée symbolique.

La procession s'éternisait. Joyün suait sous ses
lourds vêtements de cérémonie. Son ventre lui faisait
mal. Prise d'une violente contraction, elle s'accrocha à
l'avant-bras d'Homaer, qui lui prêta main-forte et lui
souffla un mot, mais Joyün n'entendit qu'une vague
rumeur enterrée par un bourdonnement aigu. Joyün
se leva pour quitter cette salle peuplée d'ennemis,
mais elle perdit pied et s'effondra sur l'estrade où se
trouvaient leurs trônes. Elle fut prise d'une seconde
crampe et sentit une matière chaude et épaisse couler

le long de ses cuisses. Elle porta la main à son entre-jambe. Elle devina aussitôt que c'était du sang!

~∾~

Leurs lèvres se joignirent. Iv-han et Yoko chu-taient dans le tourbillon du vortex des âmes, un puits sans fin. L'Univers semblait rétrécir à vue d'œil. Tour-naient autour d'eux les planètes, les étoiles et les ga-laxies dans une spirale de couleurs. Ils se regardèrent une dernière fois avec intensité, comme s'ils antici-paient ce qui allait se passer et qu'ils voulaient inscrire leur amour dans la trame de la réalité universelle.

Ils disparaissaient dans le maelström où ils avaient plongé, se désagrégeant comme de vieux vêtements effilochés. Yoko regarda Iv-han, qui l'embrassa une dernière fois. Puis ils disparurent dans l'infini.

~∾~

— Poussez, maîtresse Joyün. Poussez!

Joyün poussait déjà de toutes ses forces. Des larmes coulaient sur ses joues, se mêlant à sa sueur. Le bébé s'était mal retourné, et elle avait déjà perdu beaucoup de sang. Toute la literie en était maculée. Homaer pénétra dans la chambre sans que la dame de compagnie ait eu le temps de l'annoncer. En voyant Joyün en détresse, il s'agenouilla auprès d'elle.

– Allons, Joyün. Vous devez tenir bon ! Cet enfant ne pourra jamais trouver une aussi bonne mère que vous.

– C'est qu'il est obstiné, ce petit, il ne se décide pas à venir.

Une pénible contraction lui enserra le ventre, lui arrachant un cri de douleur. Le sang se remit à gicler sur ses cuisses. Le supplice était insoutenable. Elle avait l'impression de se vider de ses entrailles. Les sages-femmes s'affairaient autour d'elle, essuyant tant bien que mal le liquide rouge-brun qui la souillait.

∾

Iv-han dévalait dans un espace sans dimensions, où nulle seconde ne s'écoulait. C'est alors qu'il se re-vit, mais dans d'innombrables situations. Il était en lui, dans la plus simple expression de ce qu'il était. Il voyait les entrelacs de sa destinée, là où son essence avait teinté la trame de l'Univers. Il avait été fille, puis garçon, chien, puis chat, adulte et vieillard...

C'était lui, il le savait d'instinct. Peu importe l'in-carnation, il en avait des souvenirs. Au cours de chaque existence, il avait acquis de nouvelles connaissances, mais la mise en pratique de ce savoir lui demandait trop d'efforts. Il semblait enfoui dans des dimensions existentielles inaccessibles, contraint par des forces psychiques qui dépassaient son entendement.

Il observait la longue suite de vies qui défilaient devant lui. Comme il y en avait ! Tant d'incarnations, de si nombreuses expériences... Mais il ne se souvenait de presque rien. Tous ces moments inaccessibles, toute cette sagesse gaspillée !

⁖

Joyün pleurait. Un linge serré entre les dents, elle sentait ses muscles défaillir. Le périnée était entièrement déchiré, elle avait sué et pleuré toute l'eau de son corps. Le sang quittait ses chairs au rythme ralenti de son cœur affaibli. Elle le sentait couler entre ses fesses, épais et visqueux. La vie la désertait.

Anxieux, Homaer demeurait silencieux. Il ne voulait pas la perdre. Elle lui avait permis de prendre le pouvoir sur l'île. Ses conseils si savants avaient su déjouer les stratégies les plus tordues de ses adversaires. Sans elle, il ne pourrait tenir longtemps sur son nouveau trône. Il réfléchissait en lui tenant la main, qui devenait de plus en plus molle.

— Je n'en peux plus, Homaer, dit Joyün.

— Je sais, lui répondit-il.

— Promets-moi d'en faire un roi ou une reine si je ne suis pas là pour l'accompagner, murmura-t-elle, secouée par un sanglot.

Homaer s'agenouilla. Il s'adressa aux dieux, regardant à l'extérieur. Par une fenêtre pointaient les

derniers rayons du soleil. Homaer l'observa, soutenant
son éclat au risque de brûler la rétine de l'œil qui lui
restait. Il sembla aux domestiques qu'il scellait un pacte
avec l'astre mythique, avec la lumière, symbole des cinq
dragons célestes.

∾⋙∾

Iv-han aperçut d'abord un point. Dans cet espace
qui n'en était pas un, dans ce non-lieu existentiel,
l'apparition soudaine d'un « quelque part » était trou-
blante. Son regard s'y attacha, attiré par la lueur apparue par miracle. Il la voyait d'ailleurs comme un pur
instant de magie, une force si belle.

Puis le point lumineux s'agita. Il était secoué par
des pulsations, pris de vibrations. Il vivait. Il s'agran-
dissait. Une manifestation comme il en avait vu tant
de fois depuis son voyage dans le royaume des morts.
Petit à petit, chaque tremblement qui faisait remuer
la lumière élargissait son emprise sur les ténèbres,
augmentant son pouvoir d'attraction.

Tout à coup, Iv-han prit conscience qu'il se retrouvait à nouveau doté d'un corps. Il mit un certain temps
à réaliser. Imparfait, lourd... Le corps se battait. C'était
une véritable lutte pour la survie. Il manquait de tout.
Ses membres lui faisaient mal. Il peinait à bouger. Il
était écrasé de toute part. Surtout sa tête. Elle élançait
à un point tel qu'il pensait qu'elle allait exploser.

La souffrance fouetta l'esprit d'Iv-han. Une vague insurmontable, un torrent de peur, d'angoisse et d'anxiété l'envahit. Il voulait que cela cesse. La douleur était trop forte. Il ne pouvait plus bouger, tant les forces qui l'oppressaient étaient puissantes. De l'air ! Il manquait d'oxygène, et il devait en avoir d'urgence.

~~~

Joyün poussa un hurlement. Elle agonisait. Elle ne voulait plus lutter. Elle pataugeait sur le matelas gorgé de sang. Ses cris cessèrent en un lent râle. Elle retomba à la renverse.

Homaer se taisait. Il regardait dehors. Le soleil se couchait dans la mer, diluant dans l'onde ses teintes sanguines. Joyün ne respirait plus que péniblement. La lumière pénétrait dans la pièce au fur et à mesure que l'astre céleste continuait sa montée depuis le miroitement de l'océan. Homaer versa une larme.

~~~

Iv-han étouffait de douleur tant celle-ci était intense, comme des lames qui vous lacèrent l'intérieur. Pourtant, jamais Iv-han ne s'était senti si vivant. Après toutes les images et les impressions de la mort, le gris terne et les nuances monotones du royaume des trépassés, la douleur et les sensations étaient une véritable révélation, une ouverture sur ce qu'était la vie.

La lumière était grande devant Iv-han, aussi large que son visage. Si seulement il pouvait l'atteindre. Puis il fut pris d'un élan irrésistible, un éclair de grande lucidité qui s'imposa à son esprit : il voulait vivre. Il réussit à faire bouger une de ses jambes maladroites, plia le genou, remua une épaule. Il réussit, dans une lenteur éprouvante, à tourner son corps, à l'aligner vers la lumière. Iv-han avait oublié la douleur, il n'avait qu'une envie : se dégager.

Face à la lumière, il s'efforçait d'avancer dans sa direction, mais il n'y arrivait pas. Les pulsations qui lui avaient ouvert la voie étaient de plus en plus distancées et de plus en plus faibles, presque absentes. Il aurait voulu crier à l'aide, mais il n'avait pas d'air dans les poumons.

༄

La rumeur se répandait dans la ville. Dame Joyün se mourait. Les plus loyaux fondirent en larmes, les adversaires politiques savouraient la nouvelle comme une vengeance. Les alliés et les soldats des souverains commencèrent à s'agglutiner au pied du balcon de la chambre royale.

Homaer regardait le soleil éclatant de tous ses feux. Il vit ses hommes se masser sous son balcon. Leurs regards interrogateurs le transperçaient. Il songea qu'ils croyaient sans doute qu'il devait avoir attiré sur lui la colère divine. Homaer ne pouvait se permettre de voir un tel doute s'immiscer dans l'esprit de ses soldats et de son peuple.

Il revint auprès de Joyün, s'agenouilla à son chevet. Elle le regarda, les yeux fiévreux, les cheveux mouillés et de la sueur couvrant tout son corps. Elle tenta de sourire. Il se pencha vers elle, embrassa son front. Il la regarda dans les yeux.

— Je t'aime, lui dit-il.

Il se leva pour aller à son armoire personnelle. Il l'ouvrit. Au centre, placée sur le plastron de son armure de combat, se trouvait Tamashi.

Homaer prit la lame et retourna à la fenêtre. Joyün n'arrivait presque plus à respirer, les sages-femmes pleuraient en essuyant ses mèches de cheveux mouillées. Le roi sortit sur le balcon et regarda ses hommes, silencieux, la gorge nouée, craignant pour Homaer et leur souveraine.

Homaer tira Tamashi de son fourreau et fit refléter les rayons du soleil sur sa lame. Homaer prit le pommeau d'une main, la lame de l'autre. Il admira le jour et implora :

— Vous et moi, dragons célestes, gardiens du cycle de la vie et de la mort, régisseurs des rouages divins, feux qui chauffent le cœur de toute créature... Voyez Tamashi, la lame des lames, une épée qui a remporté plus de mille combats. Je vous l'offre en sacrifice pour que vous sauviez deux vies, celles de ma femme et de mon enfant. Voici mon offrande.

Il souleva Tamashi et, d'un geste sec, frappa le plat de la lame sur un de ses genoux. L'épée légendaire qui n'avait même jamais cédé devant les coups les plus furieux fut parcourue d'un puissant rayon de l'astre céleste avant de se rompre en deux.

Une clarté intense envahit soudain Iv-han, puis il fut aspiré d'un seul coup à l'extérieur. Il put enfin laisser échapper un cri : de l'air ! Des exclamations de joie émergèrent à la ronde. Iv-han avait froid. Il était désorienté. On coupait le cordon qui le liait à sa mère. Non ! songeait-il. Iv-han sentait que ce corps n'était pas assez vif pour sa conscience, que ces sens étaient encore tout endormis. Il avait peine à rester conscient.

Alerté, le seigneur Homaer entra soudain dans sa chambre. En contrebas, on craignait le pire. Déjà, on murmurait : « Dame Joyün est morte. »

Homaer s'approcha de Joyün. Elle s'était remise à respirer, son teint redevenait normal. Il se tourna vers la sage-femme, qui le regarda avec un large sourire.

– C'est un véritable miracle, dit-elle.

Homaer prit le nouveau-né dans ses mains, les larmes aux yeux. Son aîné, son fils, l'héritier de son royaume ! Joyün était en vie ; elle s'était endormie, épuisée par ce combat pour la vie. Les dragons avaient respecté le pacte.

Il emmaillota l'enfant dans les pans de sa cape, prenant un soin infini pour ne pas le brusquer, mais les émotions faisaient trembler ses mains. Homaer avait affronté des armées terribles, avait triché au jeu de la politique, avait risqué sa vie maintes fois à dos d'ushanz, mais rarement avait-il eu tant de mal à rester calme. Les sages-femmes s'en aperçurent et l'aidèrent à couvrir son enfant.

Le seigneur s'avança sur le balcon en regardant ce petit miracle de vie qu'il tenait entre ses mains de guerrier. Tous ceux qui étaient là retenaient leur souffle. Plus un bruit ne parcourait la cour. Homaer regarda à l'est, là où le soleil était apparu un peu auparavant, les yeux pleins de reconnaissance. Le seigneur clama en levant son enfant au ciel :

– C'est mon fils.

Tous ses hommes s'époumonèrent en lançant un puissant hourra ! Partout dans la ville, la fête éclata sous les cris de joie de ses habitants. Les cloches du château sonnèrent un véritable hymne à la vie.

Le tapage était assourdissant pour les oreilles d'Iv-han, nouveau-né. Il avait froid, soulevé ainsi en l'air. Mais rien de cela n'avait d'importance. « Yoko, qu'es-tu devenue ? » songea-t-il.

Ce fut la dernière pensée d'Iv-han, fils du Singe.

GLOSSAIRE

HAN
Pratiquant de l'Art du Singe. Par révérence, on nomme toujours un pratiquant de l'Art du Singe en se référant à son prénom d'abord et en y ajoutant son titre. Exemple : Iv-han, un élève de l'Art du Singe.

TAN
Une élève de l'Art du Singe.

HANY
Un maître de l'Art du Singe.

TANY
Une maîtresse de l'Art du Singe.

KANY
Désigne un grand maître de l'Art du Singe, peu importe le sexe.

HANIKO
Désigne le créateur de l'Art du Singe et fondateur de l'ordre.

Ushanzs

Les ushanzs sont des insectes géants qui servent souvent de montures aux armées d'élite de l'archipel de Saï. De l'espèce des sauterelles, les ushanzs peuvent sauter à plusieurs mètres d'altitude et retomber avec précision et souplesse. De nature pacifique, ils peuvent cependant être entraînés à la guerre et devenir de redoutables ennemis. Si on en trouve partout dans le monde, l'archipel de Saï est l'endroit où il y en a le plus.

L'AUTEUR

Charles Prémont a terminé une maîtrise en anthropologie à l'Université de Montréal. Il s'intéresse par ailleurs depuis de nombreuses années aux philosophes de l'Asie ainsi qu'à l'ethnologie des religions, et cultive un intérêt particulier pour la mythologie, les contes fantastiques et les mangas. C'est en enseignant à des élèves du secondaire qu'il a eu l'idée d'écrire son premier roman. Pour *Le fils du Singe*, il a trouvé son inspiration à la fois dans la série *Dune*, dans *L'art de la guerre* de Sun Tzu, dans *Le Prince*, de Machiavel, et dans la psychanalyse de Freud. En plus d'être un jeune auteur, il est reporter et travaille à divers projets artistiques.

À PARAÎTRE

TOME 2

Iv-han s'est réincarné en Marcus, fils d'Homaer, qui veut conquérir le trône de l'empire de Loxitam. Pour cela, il organise dans l'ombre le mariage de son fils afin de fonder une alliance stratégique. Mais les anciens amis d'Iv-han ne sont pas tous morts dans l'attaque du Temple du Singe. Et ils préparent discrètement une offensive contre Homaer. Pour l'atteindre à mort, ils projettent d'assassiner Marcus.